U0484962

007（第二辑）典藏系列

The Man with the Golden Gun

金枪人

伊恩·弗莱明 著

文碧霞 译

时代出版传媒股份有限公司
安徽文艺出版社

图书在版编目（CIP）数据

金枪人/（英）伊恩·弗莱明（Ian Fleming）著；文碧霞译. —合肥：安徽文艺出版社，2018.1
（007典藏系列）
ISBN 978-7-5396-6078-3

Ⅰ.①金… Ⅱ.①伊… ②文… Ⅲ.①长篇小说－英国－现代 Ⅳ.①I561.45

中国版本图书馆CIP数据核字(2017)第103801号

出 版 人：朱寒冬	合作策划：原典纪文化
责任编辑：姜婧婧 柯 谐	装帧设计：张诚鑫

出版发行：时代出版传媒股份有限公司　www.press-mart.com
　　　　　安徽文艺出版社　www.awpub.com
地　　址：合肥市翡翠路1118号　邮政编码：230071
营 销 部：(0551)63533889
印　　制：安徽联众印刷有限公司　(0551)65661327

开本：880×1230　1/32　印张：7　字数：190千字
版次：2018年1月第1版　2018年1月第1次印刷
定价：25.00元

（如发现印装质量问题，影响阅读，请与出版社联系调换）

版权所有，侵权必究

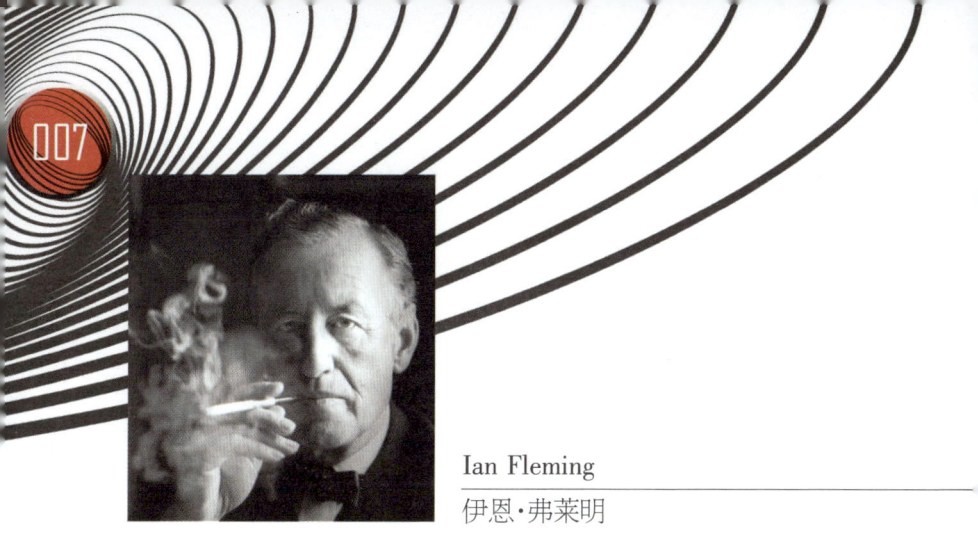

Ian Fleming
伊恩·弗莱明

1953年,正在牙买加太阳酒店度蜜月的伊恩·弗莱明百无聊赖地坐在打字机边,他的脑子里在酝酿"一部终结所有间谍小说的间谍小说"——这部小说的主角就是通俗文学世界里最为人知晓、商业电影范围内生命最长的詹姆斯·邦德。

和其笔下的 007 一样,弗莱明的现实生活中也充满了炮弹味和香水味,和詹姆斯·邦德有的一拼。弗莱明 1908 年出生在英国。他的性情却和英国的传统教育格格不入,1921 年,在著名的伊顿公学念书的弗莱明因为行为不端而被开除。1926 年,他在家庭的安排下进入了桑德赫斯特军校,弗莱明再次因为酗酒和斗殴,提前结束了自己在军校的生活。1931 年,他进入了著名的路透社,成为了一名专门报道间谍案件的记者。1933 年,他回到了英国,做了一个银行职员,百无聊赖的生活让弗莱明忍无可忍,好在二战的到来为弗莱明赢得了"换种活法"的机会——战争让弗莱明变成了邦德。

1939 年 5 月,弗莱明成为英国皇家海军情报局中尉,因工作出色,弗莱明深得局长约翰·戈弗雷海军上将的赏识,后者以作风强硬著名,是 007 的老板——M 的原型。弗莱明曾多次陪同戈弗雷上将去美国与联邦调查局局长胡佛会晤,交流情报,并作为戈弗雷上将的助理直接领导代号为 30AU 的间谍部队。这是一个由间谍精英组成的小分队,队员个个身怀绝技,从神枪手、化装师、武器专家到解密高手、间谍美女,一应俱全。他们的主要任务是帮助纳粹占领国的高级官员逃亡以及窃取德军重要档案。

第一次行动,弗莱明率领30AU来到葡萄牙的卡斯卡伊斯,策划阿尔巴尼亚国王索古从德国、意大利占领区潜逃。他设想的营救计划是这样的:清晨,在国王寓所门前,两名清洁工(由英国特工扮演)出现了,严密监视国王寓所的德国卫兵问了两句,就让他们进了门。待了一会儿,两个清洁工(已是国王夫妇扮演)再次出现,拖着垃圾袋正向大门走来。这时,事先安排好的一场车祸准时在街对面发生,德国卫兵赶紧召集人手灭火救人。一个蒙太奇镜头:两个"高贵的清洁工"登上垃圾车渐渐远去。待德国人发现国王夫妇失踪时,国王夫妇已化装成葡萄牙人搭乘一艘意大利游轮安全抵达卡斯卡伊斯。结果,整个行动与伊恩·弗莱明的策划一样顺利,犹如他在执导拍摄一部007电影。

二战期间,弗莱明与"疯狂比尔"——美国战略情报局局长威廉姆·多诺万将军关系密切。1941年,多诺万计划成立新的情报机关,要弗莱明策划一个蓝图。弗莱明为他撰写的计划共72页,描述了一个完美特工应具备的特质,"年龄在40岁到50岁,经过特工训练,拥有出色的观察、分析、评价能力,完美的判断力,能随时保持头脑清醒,对情报事业有献身精神,并有广博的生活经历"。这和詹姆斯·邦德的形象几乎一致。1947年中情局正式成立,很大程度上借鉴了"邦德标准"。弗莱明毫不掩饰得意之情,向多个朋友吹嘘"我创造了中央情报局"。

1945年11月4日,弗莱明离开了海军情报局,戈弗雷上将对他做出了闪光的评语:"他的热情、才能和见识都是无与伦比的,他对海军情报局的战时发展和组织活动做出了巨大贡献。"

自《皇家赌场》大卖之后,弗莱明就成了一架被烟草和酒精驱动的写作机器,在他人生最后的12年里,一共写了14本007小说。在弗莱明生前,他的007系列小说就销出了4000万册,迄今为止,该系列小说在世界各地的销售量已超过1亿册。

1964年8月12日,56岁的弗莱明由于心脏病发作倒在儿子的生日宴会上。

几十年过去了,那些曾经试图抛弃他的"贵族们"早已烟消云散,他所留下的作品却享誉全球,妇孺皆知。在全世界,无数的人在阅读007小说或观看007电影,以此向这位传奇人物表达敬意和缅怀之情。

目 录
Contents

第一章　神秘电话 / 1

第二章　暗藏杀机 / 22

第三章　变态金枪人 / 39

第四章　恒星预言——邦德回归 / 59

第五章　情人街三巷二号 / 78

第六章　冰火两重天 / 92

第七章　深入虎穴——雷鸟酒店 / 103

第八章　黑社会头目聚首 / 117

第九章　虎穴遇战友 / 128

第十章　初露马脚 / 139

第十一章　火上浇油，乱里添乱 / 150

第十二章　死期将至 / 161

第十三章　千钧一发 / 172

第十四章　救命沼泽 / 182

第十五章　瓮中捉鳖 / 192

第十六章　任务结束 / 202

第十七章　尾声 / 212

The man with the golden gun

第一章　神秘电话

英国情报局藏满了鲜为人知的秘密。其中有许多秘密是连高级官员都不知道的,只有局长梅瑟威先生和他的参谋长洞悉这一切,而参谋长就负责最高机密的保密工作——被世人耸称为"战争之书"。但凡他们两人身有不测,不幸丧命,那么这些高级机密(除私人生活部分外)就会一字不漏地转交给他们的继承人。

比如,有一件事邦德也不知道,那就是情报局竟然还处理杂七杂八、或善或非的事情——比如醉汉闹事,疯子骂街,求职申请信,策反间谍渗入,甚至也包括暗杀计划。

11月份的一个早晨,天空晴朗,万里无云,寒气逼人。邦德打算回英国去"会一会"总部,便先打电话试探试探。

而在英国情报局的电话总机室里,总机接线小姐像被弹簧弹开那样迅速地按下"保留通话"键,然后紧张兮兮地对旁边的同事说:"这有个精神病说自己是詹姆斯·邦德!他还知道邦德的专属机密代码!而且他要找梅瑟威局长说话!"

旁边那位接线小姐在这里待的时间久些,年龄也稍大一些,耸了耸肩,完全没把这当回事。因为像这样的——自称是邦德的电话,她在一年前也接到过。但是自从邦德死亡的消息被证实之后,就再也没有谁接过邦德的电话。然而,在那之后的每个月圆之日,总会接到一个精神错乱的女人的来电。她说她收到了邦德从天王星上传来的消息:邦德在进入天堂之时,因尘事未了而被上帝拒绝了,所以逗留在天王星,过些时日就会返回地球!

想到又要应付这样头脑不清醒的人,这位年长的电话接线小姐就觉得头疼,便说:"把电话转到联络中心去得了!"

联络中心是外界通往英国情报局总部的第一道紧要关卡,所有的电话都要由此转接到各个部门。既要负责情报局与外界的联系,又要使内部官员顺利交流。通常,联络中心都先处理掉一些非紧急的麻烦事情,其他紧要事件则转给其他各部门处理。于是,当总机室遇到头疼的事情往往都会打发给联络中心去处理。

"先生，稍等一会。我为您转接到联络官，看他能不能帮到您！"那个电话接待小姐对着电话说。

"有劳，谢谢您。"詹姆斯·邦德就坐在床边老老实实等着电话。周周转转，他早就料到会是这样，总得费尽口舌才能让大家真正接受自己的真实身份。之前，也就是他在苏联治疗中心（位于彼得格勒市的涅夫斯基大街）经过几个月时间的洗脑之后，一位风度翩翩的鲍里斯上校（苏联的陆军上校）就曾提醒过他：回程路坎坷，需百般磨舌。这时，电话里面传来一个男人的声音："我是海军上校沃克，您有什么事吗？"

"沃克上校，我是邦德，编号007。麻烦您帮我联系一下梅瑟威局长，或者他的秘书莫尼彭尼小姐也可以。我有事情要亲自向他汇报。"

在电话接通的同时，沃克上校就已经按了电话上面的录音键和警报键。这个录音功能是用来记录他自己部门内的重要通话，而另一个警报按钮则是直接接通伦敦警察厅政治保安处刑警特勤组的值班人员。一旦这个警报键按下，特勤组的值班人员就会立马接听电话，一边接听电话，一边追踪来电，同时还会立即派人展开追踪调查。

说起沃克上校，他可是曾在二战期间担任过太平洋战区的战俘审讯官的，是一位十分机智警惕的军事情报人员。由于之前有邦德的讣告公布，而现在"邦德"却打电话来要汇报工作，这让沃克觉得不可思议，意识到其中一定有蹊跷。所以为了尽可能地拖延时间好让伦敦警察厅的刑警监听并追踪电话，他必须尽力和邦德周旋。

他慢慢悠悠地说："哦！邦德呀！您要找谁呢？梅……瑟威局长和彭尼……莫尼彭尼小姐吗？我们这里好像……似乎……我想大概是应该没有这两个人。您看看您是不是打错了电话呢？"

邦德就耐着性子忍着脾气重复了一遍英国情报局总部的电话总机号码，以及情报局的种种内情。比如，沃克上校是总部联络中心的主任，他曾经是一位战俘审讯官……当然了，这些虽是往事，但是邦德早已忘却得一干二净。现在他所复述的这些话，都是他在回英国之前，鲍里斯上校一五一十告诉他的。鲍里斯对英国情报局了如指掌，他还要求邦德把这些事情都记在护照上面以防他忘记。邦德刚才在电话里所说的话，都是他看着他那本密密麻麻写满"机密"的护照说的。当然了，这本护照也是假的，是苏联为他伪造的一个假身份：弗兰克·韦斯特马科特，公司董事长。

听到电话那边说的话丝毫不差，沃克上校就有些手足无措了。"呃……是的，没错，你没打错电话，这里是英国情报局，我是沃克。不过我不知道你想找的这两个人到底是哪个部门的，我不记得我们这里有叫梅瑟威的人。"

"上校先生,难道你要逼我把所有的秘密都说出来吗?这可是外线电话,可能会被不良分子窃听的!"邦德严肃地吐出这几个字。

一语中的,显然,沃克上校这才意识到了事情的严重性。他知道自己不能再和邦德这么周旋下去了,照这个情形下去,真会出大事!"这事可得赶紧处理了。"他心里想。这时另一个内线电话响了。于是,他摁下了免提键。如此一来,邦德也听到了电话那端有来电铃声不停地在响。沃克一看,是情报局总部安全室的电话,他赶紧对邦德说:"邦德先生,我有其他电话,我得先接这个电话,麻烦您别挂电话,稍等一会,可以吗?"

"好吧!"邦德无可奈何地说。

沃克把话筒放下后,立即拿起内线电话接听:"抱歉,接晚了,主任。就在刚才,我这里接到一个外线电话,是一个自称邦德的家伙打来的,还要和梅瑟威局长通话,简直不可思议。我知道邦德一年前就在日本牺牲了,现在又……而且这个人对我们情报局了如指掌。我已经通知了伦敦警察厅特勤组,也做了录音。邦德现在还在和我通话,所以我想请您听听看……好的,谢谢您!"

虽然安全室主任和沃克上校的办公室只隔了两个房间,但是他听到这话,仍然抑制不住自己的情绪,却又感到束手无策,狠狠地,又愤愤无奈地骂了句:"妈的!"然后按下了传话机的按钮，桌子上的麦克风就传来声音了。他现在极度想抽烟发泄下心中的郁闷，但是电话通着。办公室简直就是一个电台直播室，房中的任何一个动静都会传到沃克上校和那个疯子"邦德"的通话里。他连大气都不敢出一声，只能一本正经地坐着听。

"邦德先生，您还在吗？实在抱歉，让您久等了！"沃克上校中气十足地说，声音显然比之前有底气了，"我们刚刚聊到哪里了？哦！您要找一位叫作梅瑟威的人是吗？那您能把他的具体情况详细说一下吗？关于通话的安全性，您完全不必担心这个问题，我想这也不算是机密！"

邦德听到这话，不由得紧皱眉头。他不知道自己为什么会皱眉头，他甚至都没发觉。"好吧！既然您已经这样说了。为了证实我真的是邦德，那我就只好全都说了。"他压低声音，小心翼翼而又故作神秘地说，"迈尔斯·梅瑟威局长是一名海军中将，负责英国情报局，是您，沃克上校的上司。我记得他之前的办公室是在8楼的12号房间。他的女秘书叫莫尼彭尼，是一个漂亮的金发美女。梅瑟威局长还有一个参谋长，您要不要我把他的名字也讲出来？"

"呃……这个，他的名字就不必说了吧！不如你再说些情报局的其他事情吧！"出乎沃克的意料，这个人竟然对内部高级人员如此了解！他有点蒙了，但是仍然强作镇定。

"好的，今天是星期三对吧，我应不应该告诉你情报局食堂的今日菜单呢？如果我没记错的话，周三应该有牛排腰子布丁……"邦德话还没说完，沃克那边的电话铃声又丁零零地响了起来。

沃克一看，是安全室主任的电话："喂？该死的，又有电话了。邦德先生，请不要挂电话，稍等一会，很快！"沃克上校赶忙拿起那个绿色电话，"喂？主任您听到了吧，您怎么看？"

"说实话，我不喜欢吃食堂的牛排腰子布丁……好吧，我现在也迷糊了，这人不像是在故意捣乱。不如，就把这事交给'铁血无情'罗伯森处理。不不不！还是交给'笑面虎'——汤姆生少校去处理吧。他可是'笑脸先生'，好说话，也最擅长大事化小，小事化了的！不过，其实我也一直觉得007的死有蹊跷，毕竟证据不足。而且我们当时也并没有找到他的尸体。记得当时我在日本调查的时候，那个岛上的岛民回答这个问题时，不但刻意面无表情，还总是闪烁其词，似乎隐藏了些不可告人的秘密。这么想来，邦德真有可能没死。好了，先这样吧，你有什么情况就联系我吧，好吗？"安全室主任说完就挂了。

沃克上校放下这个电话，赶紧拿起另一个电话对邦德说："真是抱歉，今天实在是太忙了！好吧，关于您这件事，恐怕我帮不上什么忙，这实在不在我的能力范围之内。这样吧，我给您介绍个人，汤姆生少校。我觉得他应该能帮上您的忙。"

"这再好不过了，那么请问我去哪里才能找到汤姆生少校呢?"邦德迫不及待地询问。

"我告诉您他的地址,您拿支笔记下来吧。他住在肯辛顿大道44号,电话是肯辛顿区5555号。邦德先生,您先别急着打电话,让我先打个电话给他说下您的情况。十分钟后您再打电话联系他吧,但愿他能对您有所帮助。"沃克上校不痛不痒地说。

邦德也漫不经心地回道:"好的,真是太感谢您了,沃克上校先生。那我十分钟后再联系汤姆生少校好了,再见!"说完他就把电话给挂了。他决定只等十分钟,十分钟一到,就要打电话给那个汤姆生少校!说起汤姆生和肯辛顿大街,邦德有种似曾相识的感觉,但是又什么都想不起来,脑子就好像被层层迷雾缠绕,什么都理不清楚。他看了看手表,刚好过了十分钟,于是他立马拿起话筒拨打了那个电话。

邦德现在住的这个地方是鲍里斯上校特意安排的,叫作丽兹大酒店,这可是个奢侈豪华的酒店啊。因为根据苏联政治保卫局克格勃秘密档案记载,邦德是个对生活质量有追求的人,一味追求高贵奢华,所以在邦德回伦敦之前,鲍里斯就特别提出要他住豪华酒店,这样才能与邦德以往的作风相符合,才不会引起他人的怀疑。

和汤姆生少校打完电话后,邦德就坐电梯下楼出门了。

此时,英国国防部秘密情报局早已派数人守在整条阿林顿

The man with the golden gun

街道（丽兹大酒店门口前面的街道），只要邦德一出门，他的一举一动就都被情报员的微型照相机不动声色地尽收眼底。也就是说，从他踏出酒店门口的那一刻开始一直到他到达目的地——肯辛顿大道第44号，他的身影就被那些纽扣一样大小的照相机不停抓拍。他路过酒店门外的书报摊，过马路伸手拦出租车，甚至在他坐在车内时的那些细微动作都被装有望远镜头的摄像机连拍了下来，无一遗漏。而邦德却浑然不觉。这可多亏了平日里情报局对情报收集员的训练有素，这些情报收集员才能完美地伪装成各行各业的工作人员，比如说"红玫瑰干洗公司"的送货员，开着货车一路尾随邦德。当然了，光是不跟丢也没什么大用，关键是，那辆货车内还坐着负责联络的情报人员和刑警人员，以便及时向总部和伦敦警察厅政治保安处报告即时情况。

位于肯辛顿大道44号的这座大厦，原本是大英帝国降噪联盟总会的会址，是一幢古老的维多利亚式的红砖房。虽然这个机构在很久以前就已经解散了，但是它那黄铜门牌依然高高挂在门前。后来，情报局通过政府公共关系部门，要来了这幢老红房，还把之前的老式宽敞的地下室改成一个隐秘的地下监狱。在这个地下室里面，还有一个门通向后院里幽僻的大马厩。当然了，情报局还挖空心思在整幢房子里面布满了各式各样难以猜测的神奇机关。

不一会，邦德就到了这幢房子前。等到邦德下车进了大楼后，那辆标有红玫瑰干洗公司标志的货车，也就缓缓驶进不远处的伦敦警察厅停车场，同时把他们一路上所拍摄记录的邦德的所有照片，都发送给国防部秘密情报局的特种技术室了。接下来监视邦德的任务就交给室内的工作人员去做了。这时的技术人员一接到照片后，就以最快的速度把邦德身影的各种角度（正面、侧面、全身等）的照片放大冲洗出来，然后从秘密通道——大马厩，送到汤姆生少校手里，以供他一辨真伪。

"你好，我叫詹姆斯·邦德。汤姆生少校约了我来这里会面，有要事谈。"邦德对眼前这个彪形大汉门卫说。

"是的，没错，邦德先生。汤姆生正在会宾室里面等您。我可以先替您把大衣挂起来吗？"于是，邦德脱下自己的大衣递给他，并客气地轻声道谢。门卫伸手接过邦德的大衣，把衣服用衣架挂在了门后。为什么就挂在门后而不挂在衣帽间呢？因为方便拿放呀！只要邦德一进门和汤姆生上校谈话，工作人员就会立即把这件大衣拿去一楼的化验室鉴定。花不了几分钟，就能查出这件大衣的生产国。就连衣服口袋里的灰尘、布屑等都要做化验鉴定，绝不放过任何一个细节。这样才能查清"邦德"的来龙去脉，查个水落石出。

"邦德先生，跟我走吧，我给您带路。"大汉十分客气地说。

邦德礼貌地点点头，跟着大汉一起走进了一条悠长狭窄的走廊。一股刺鼻的油漆味迎面扑来,这让邦德注意到两边护墙板都是新刷上的油漆,这里还有一扇高高在上的窗子。当然,他不知道的是,那窗子里面隐藏了一个荧光镜,走廊的地毯下面还装着荧光镜和 X 光放射机。只要有人从上面走过,即使脚步再轻盈,也会触及地毯下面的开关。然后,地面就会自动放射出 X 光,再由荧光镜接收 X 光的反射,接着就可以立即自动冲洗出此时的照片,再交给特技室进行处理和鉴定。这样一来,访客身上所携带的所有物品甚至是身体结构,他的骨骼情况、心脏大小、器官位置等等都会毫无保留地被一一看到。邦德根本没法做假。换句话说,如果邦德衣服里面藏了金属利器或者枪支等其他武器的话,就可以立即显示出来,那么情报局就会提前做好安全措施,以防万一。

当走到标有 A 和 B 的两扇对门时,那个门卫示意,到了,就是 B 这个房间。门卫轻轻敲了两下门:"少校先生,邦德先生到了,可以进来吗?"

"快请进吧!"里面传来热情的声音。

"邦德先生,汤姆生少校就在里面等您,您可以进去了。"大汉对站在旁边的邦德说,然后鞠了个躬便离开了。

鲍里斯曾把汤姆生的样貌细致入微地告诉了邦德:薄嘴唇,一脸和善,一双浅褐色大眼睛布满了细纹,还留有军人式的胡子,后背上体毛茂密,但是头发稀疏,有些秃顶。学富五车,从他的老式眼镜就能看出来他十分博学。他戴的是老式无框的眼镜，就是那种镜片上面挂着根细黑线的眼镜。身穿蓝色双排扣的西装，搭上一条款式呆板严肃的领带。并且，他的领带结还是用部队那种木讷的方式系起来的。鲍里斯基本把每个细节都说了，但是他不知道在汤姆生那看起来忠厚老实的脸庞上，眼神却像是机枪那样的冷酷锋利。

邦德礼貌性地敲了敲门，然后自己推开门走了进去。令他感到舒适的是，这个办公室十分宽敞明亮，地毯是出产于威尔顿公司的那款经典颜色鸽子灰，整个色调十分柔和明快。墙上还挂着一幅裱好的油画，看得出那个画框价值不菲。壁炉内还留有一小撮明亮的火焰。在壁炉的上面还挂着很多银奖牌和两幅用皮革裱好的照片。照片上面的有两个人，一个相貌不凡的女人和一个模样可爱的3岁小孩。那应该是少校的家人吧，邦德心里想。房间中间摆着一个桌子，上面还放着一束花，还有两个酒吧椅就放在壁炉的对面。没有办公桌，也没有档案橱柜，让人完全感觉不到这是一个办公室。

一看到邦德进来，身材高大的汤姆生少校就立马扔下手中的《泰晤士报》，微笑着站了起来，热情地迎接邦德，并伸出自己的右手和邦德握手。邦德能感觉到这人气宇非凡，手劲很大，肯定不好对付。

这就是汤姆生少校，人称"笑面虎"。

他十分热情地说:"邦德先生,快请进,请坐请坐。来根烟?如果我没记错的话,这可是你最喜欢的牌子,老牌的'皇家海军'烟,对不?"汤姆生少校特意将准备好的烟递给邦德看。这烟是莫兰烟草公司特制的,每支烟上面都有三个金环的特制标记。邦德面无表情地接过烟。汤姆生为邦德点了烟,让他感到疑惑的事,邦德对这种平日最喜爱的香烟并没有多大兴趣。

"谢谢。"邦德恭恭敬敬地说道。

"你太客气了。"汤姆生顺势在邦德对面坐了下来,自然地跷起了二郎腿,准备和邦德闲聊,"哦,对了,关于你的那个问题,你想要我怎么帮你呢?"

在 B 办公室的对面,也就是 A 办公室,是截然相反的装修风格。一个正正方方的小房间,阴冷潮湿,里面只有一个嗞嗞响的煤气取暖器、一张破旧的办公桌、两条木椅,霓虹灯的电线都裸露在外,十分简陋。而这就是铁血无情——罗伯森的办公室了。他之前是监狱主管,后来因为在格拉斯哥监狱暴力毒打了一个牢犯,被革职了,接着就到这儿来工作了。要是接待邦德的官员是罗伯森的话,那邦德的待遇可就没现在这么舒服了。罗伯森之所以被称为"铁血无情",是因为他审判嫌疑犯的手段十分冷血残酷。但凡疑犯没有说出实情,他就会像在监狱里那样上足全套酷刑逼问,天知道会发生什么!而且,要是他一旦开始对你有了一丝丝的反感和敌意,动用武力也不是不可能，那后果就不堪设想了。

汤姆生少校所在的这个安全部门，是公众通向英国情报局的最后一道关卡，也是把控最严密谨慎的关卡。一般公众事务，也就是杂七杂八的事情，都止步于此。当然了，那些公众的日常来信、意见信、建议信之类的书信，都由其他专门的部门去处理。另外，恐吓信和诉讼信都会转交给政治保安处去处理。而那些涉及重大事件且诚恳严肃的来信，则先会被局里最优秀的笔迹学家鉴定并注上评语，再转交给总部的联络中心做进一步的调查鉴定。有时收到包裹，就会在第一时间交给骑士桥兵营的拆弹部队去处理。所以可以说是连苍蝇都飞不进情报局，密不透风。由此可以看出，整个情报局的工作安排规划，细致有序，各司其职，恰如其分。而安全部门里的设备虽都是最好最昂贵的，但是作为一个情报处理中心，要的不单单是保守秘密，还要保证秘密的安全性——保证秘密不被泄露。

邦德之所以知道这么多情报局内部的事情，是因为他被苏俄洗脑之前就一直在这边工作。虽然如此，但是他什么都不记得了，这些事情都是鲍里斯上校告诉他的，他也就像学生背书那样全记在脑子里而已。现在的他，只知道一些杂七杂八的琐事，比如，他在切尔西那套公寓的供电情况和自己身体的健康情况。

汤姆生这是在试探他，在套话，邦德心里清楚得很。之前在苏联的时候，鲍里斯上校就曾明确地告诉过他，待他回到英国后，英国情报当局肯定会用各种手段对他进行考验，以判定他是否还是"清白"之身。只有他通过了重重考验，重新得到信任，才能被英国情报局再次接纳，才能见到他旧日的上司——梅瑟威局长，才能进行刺杀！

因此，邦德现在不打算继续回答汤姆生的问题了，他想打打苦情牌试试看，毕竟汤姆生比罗伯森好说话多了。他满含悲痛地望着汤姆生，然后无奈地看着壁炉里跳动的火焰，说道："少校，我真的是如假包换的詹姆斯·邦德，编号007。只不过是在执行任务时出了一些小意外，饱受颠沛流离之苦，所以迟了几天回来报到而已。而现在，你们都像踢皮球一样把我踢来踢去，这真的让我很心痛。而且，我真的有很多要事得亲自向局长汇报。"邦德不禁无奈地摇摇头。

"都不容易，我十分理解您的感受，"汤姆生望着邦德，故作同情地一笑，"但是您也得理解我的苦衷，毕竟您失联不是几天而已，已经将近一年了。况且我们之前接到上面的通知，说您在日本执行任务时，不幸牺牲。而且当时为了嘉奖您的壮烈牺牲，总部还特意在《泰晤士报》上公开发表了一篇代表政府的官方吊唁文章。现在您凭空来总部报到，不是我们怀疑您的真假，而是得让公众、让上级真正接受您还活着这一事实。我承认您确实跟以前邦德的照片长得一模一样，但是，口说无凭呀，我必须百分之百确定您是邦德，才敢把您交给上级处理。您说是不是？所以我的意思是，您为了证明自己，是不是应该给我们看看您的那些身份证明呢？或者是谈谈您所认识的一些人和事，这样我们也能对您的身份更确定，才敢向上级汇报您还活着的事实。您觉得呢？"汤姆生少校说完，咂了咂嘴巴，无奈地看着邦德。汤姆生不愧是"笑面虎"，一针见血，婉转而又直接地说出了要邦德证实自己就是邦德。

"您说得对，也应该这么做。可是我的所有证件早就遗失了。这实在是很棘手。所以我现在只能说说我认识的那些人，可以吗？"邦德诚恳地说。

"当然可以，您请说。"

"我之前的秘书是玛丽小姐。她肯定会认识我的……"邦德话还没说完，汤姆生就摇摇头打断了他。

"真是不凑巧，玛丽小姐已经被派去国外了。我想她现在应该没法为您证明了。还有其他人吗？"

"总部里我还有十几个熟人。"

"那就好办了，那您能说说他们是谁，他们的样貌、个性特征什么的吗？最好能具体点。"汤姆生说道。

为了还自己的清白，邦德就一边回忆，一边娓娓道来，一五一十地复述他所记下来的人员内情，与鲍里斯告诉他的那些事八九不离十。

"嗯,说得基本上都对。那么,您还记得去世的玛丽娅·弗罗伊登施塔特小姐吗?"汤姆生问。

"她去世了?"邦德一脸疑惑。

"是的,她已经离开人世了。"

邦德哼哼了一声:"哼,我早就知道她活不长……"

"为什么?为什么你会这么认为?"邦德话音未落,汤姆生就急忙问道。

"她可是苏联的双重间谍,效力于克格勃。克格勃就是一般人认为的苏联政治保卫局,其实是苏俄的秘密特务组织,就相当于我们的情报局。好了!这些都是内部机密,我不能再讲了,讲多了你们反而会怪我的!"

邦德说完这些,汤姆生就有些傻眼了。玛丽娅·弗罗伊登施塔特双重间谍案件可是英国情报局的最高机密,一般的内部工作人员根本不可能知道。而且汤姆生把玛丽娅·弗罗伊登施塔特案件作为此次检验邦德的重要关卡。然而,眼前的这个邦德,已经分毫不差地说出了事情原委,让人无法不相信他是邦德。他应该就是詹姆斯·邦德,汤姆生心里想。

"嗯,这个没关系。您说得都对,玛丽娅·弗罗伊登施塔特小姐确实是个内奸。算了,不说这个了。再耽误您一点时间,我们再聊聊其他的事情吧。现在唯一有疑点的一处就是,您这次从哪来到伦敦?"汤姆生猛吸了一口烟,满嘴吐着白烟,"距离您在日本'牺牲',也快一年了。一年时间不算短,您应该做了很多事吧,您能告诉我您做了哪些事吗?"

"少校,我十分抱歉,这些问题,恕我无可奉告。我的意思是,我只能亲自向局长本人报告这些事情。"邦德木讷坚定但又满怀歉意地说。

"哦,我理解了。"汤姆生装出一副善解人意的模样,"那您稍等一会,我去打几个电话汇报一下情况,看看能不能帮到您。"汤姆生少校说完,站起身来,顺手把刚才扔在地毯上的报纸捡了起来,递给邦德,"您可以看下今天的日报打发下时间。"

这份报纸早已喷上了一层轻薄、透明无味的特殊油漆,可以清晰保留接触过的指纹。

邦德全然不知地接过报纸:"谢谢您,耽误您工作了,实在不好意思。"

"哪里哪里,您太客气。那您先看报,我去去就来!"接着,汤姆生就走出房间,随手关了房门,进了A办公室。房间里当然只有罗伯森一个人了,但是桌子把他矮胖浑圆的身体全挡住了。只听到收音机里赛马的新闻报道声音,以及一阵阵呼呼噜噜的打鼾声。这可是大中午,但是A房间就像午夜那样阴沉得让人昏昏欲睡。

汤姆生清了清嗓子:"佛瑞德,打扰你一下。我用一下你的干扰器(用来防止电话被窃听)!"说完,他就拿起那只绿色的内线电话打通实验室的电话,"喂,实验室吗?我是汤姆生少校,化验结果出来没?"

汤姆生仔细认真地听着电话:"好的,知道了。谢谢!"挂了电话之后,接着他又打通了总部安全室主任办公室的电话,"主任,我是汤姆生。这个人,我觉得他应该就是007。从化验室的鉴定结果来看,与之前邦德的情况完全吻合,只是比照片上的消瘦了一点。"

"还有其他的证明吗?这件事马虎不得,千万不能出差错!"电话那头回答。汤姆生毕恭毕敬地听主任讲话,回答道:"是的,还有指纹,等他一走我就立马把指纹鉴定结果给您。他穿衣风格也跟以前一样,单排扣的深蓝色西服,里面是白衬衫,系着黑色丝缎领带,不过都是新买的,因为衣服上的铭牌都很新。已经鉴定出他的大衣是昨天在巴宝莉买的。关于奸细玛丽娅的事情,他也一清二楚。但是对他自己的私事,他一个字都不肯透露。他说他一定要亲自和局长汇报这些,其他人一概不说。不管他是不是真的邦德,反正有一点我觉得很奇怪,我给他'皇家海军'烟时,他好像一点也不感兴趣,目光呆滞,眼神涣散。这就很奇怪了,他以前最喜欢抽那烟了。另外,他外套的口袋里面有把很奇怪的手枪,连枪柄都没有。我从来都没见过这种枪。总之我觉得他有些精神不正常,我不赞成让他见局长。但是如果不让他见局长的话,我也不知道还有什么办法能让他开口,把过去的事情和盘托出了。"说到这里,汤姆生顿了顿,认真听电话那头的回话。主任要打电话给局长,先询问下局长的意见,再做决定。

然后汤姆生说:"好的,我就在罗伯森办公室等您电话!"

电话放下之后,汤姆生和罗伯森两个人谁也没有说话。他们两个本身就性格迥异,一直相处不来,所以房间里透出一丝尴尬的寂静。汤姆生就目不转睛地盯着取暖器发呆,脑子里想的都是邦德的事。

突然响起的电话铃声,打破了这份沉寂。

"喂,汤姆生吗?"电话那头传来粗犷浑厚的声音。

"报告主任,我是汤姆生。"

"我刚刚跟局长报告过了,局长要见邦德。你的意见我也转达给局长了,但是局长还是觉得他有和邦德见面的必要。"安全室主任说。

"好的,我明白了。不过,为了避免意外,您看能不能让您的秘书通知车库,派辆专车送他去?"汤姆生正了正眼镜。

"没问题,我马上安排。车十五分钟就到!"

"好的,谢谢您,主任,再见!"汤姆生放下电话,长吁一口气,然后转身向自己的办公室走回去。他看到邦德还是笔直地坐在那里,手里的报纸也没打开来看。

"这事总算圆满解决了,"汤姆生笑眯眯地对邦德说,"等局

The man with the golden gun

长处理完手头上的事,差不多半小时以后,你就可以见到梅瑟威局长了。他很欣慰你平安归来,十分信任你,对你很放心。"汤姆生意味深长地看着邦德的眼睛,顿了顿,然后接着说,"大概十分钟之后,就会有专车送你过去。哦,对了,参谋长还希望中午能与你共进午餐,叙叙旧!"

听到这个结果,邦德终于露出浅浅的笑容,他从出酒店门以来就没笑过。不过他这笑也透露出一种冰冰的冷漠,目光依旧是冷如冰霜。

"汤姆生上校,真是太感谢您了,今天给您添了不少麻烦。参谋长太客气了,"邦德看了看自己手表,"只是,恐怕没有时间,我有很多要事得和局长一一说清楚。麻烦您帮我转告参谋长,我改日再约他。"

第二章　暗藏杀机

参谋长笔直地站在梅瑟威局长的办公桌前,坚定地说:"局长,出于您的安全考虑,我诚恳请求您不要亲自接见邦德。我提议让我或者其他人代表您去见他。我觉得这里面肯定有蹊跷,邦德不太对劲。"

"各方鉴定资料都已经证实他就是邦德本人,你还怀疑他不是邦德吗?"局长不以为然地说。

"局长,我不怀疑他,毫无疑问他就是邦德。他的指纹、字迹、声线等等都没有问题,但是还有很多细节问题依然有疑点。"参谋长郑重其事地说。

"还有什么问题?"

"比如说我们在他住的丽兹大酒店找到他的护照,是假的。不过这不是大问题,或许他是想悄悄回国,不想大张旗鼓引起公众注意。但是,那个护照是出自苏联,伪造技术也不太高明,与克格勃的护照一模一样。另外,出入境记录的最后一项显示,他是昨天从西德飞回伦敦的。这么说来就很奇怪了。我们在西德有自己的据点,为什么他不向西德的B站和W站报到呢?而且邦德和这两个站点的负责人都是多年老友,尤其是在柏林的016号负责人,他和邦德曾同组工作,关系甚好,邦德都没有过去看看他,实在是有悖常理。"参谋长认认真真地一一分析。

"还有一件事我想不明白,他在伦敦明明有自己的公寓,他都不回去住,偏偏住在豪华的丽兹大酒店。他的女仆——梅,一直挂念着他,一直相信邦德没死,还用自己所剩不多的积蓄帮邦德供着房子。如果她知道邦德回来后是这样的情况,不知道会有多伤心!虽然邦德是喜欢享受、喜欢铺张浪费,他住丽兹也说得通,但是非得特意去买一套新衣服才来报到吗?难道他穿以前的旧衣服就不能过英国海关(英国多佛),非得多此一举去买新衣服吗?您说是不是?"参谋长眼巴巴地望着局长,试图改变局长的心意。但是局长丝毫不动摇。见此情形,参谋长仍不死心,继续说:"还有,我跟他关系不错,他也知道我家电话和地址。以前他遇到各种问题,都会先打电话到我家里,请我帮他解决，但是这次遇到这么大的苦衷……"参谋长特意提高语气强调，"要是按照他以前的作风，他都会邀我小酌几杯，诉说心事，让我帮他解决。但是唯独这次，恰恰相反，他偏偏要我们动用各种检测手段，拼了命地证明自己就是邦德。安全单位更是为此忙得不亦乐乎。您说是不是有违常理呢？"参谋长说着说着又停了。因为他看出梅瑟威局长根本不赞同他的看法。

但是满腔忠心的参谋长仍然固执地、如火在烧地接着说："局长，不如就把这件事交给我来处理吧？"

看到参谋长又要开始长篇大论，梅瑟威局长不耐烦地把椅子转向另一边，盯着窗外的街景，嘬了口大烟斗。

"我可以把007送到'公园'，请著名的精神病专家莫洛尼对他进行精心的观察和治疗。我会妥当安排007的生活起居，让他享受贵宾待遇。到时候，我就可以找个借口说您去参加内阁会议，所以没法见他了。另外，根据安全室的报告，邦德比以前清瘦了一些，我们会给他增加营养，加强他的体质。等到他身体恢复了，就会召他回归工作岗位。如果他真的要动粗闹事的话，我们只能给他打麻醉剂了。您相信我吧，他是我的好朋友，我不会亏待他的，我也相信真正的邦德是不会跟我们对着干的。照目前他这个情况，他是一定要休养生息一段时间的。这也是解决这个问题最安全的办法了。希望局长您再考虑考虑！"

参谋长忧心忡忡地说完了这段话之后，梅瑟威局长慢悠悠地把椅子转了回来，看着参谋长那张焦虑担心又疲惫的脸孔，他知道参谋长也是为这事操碎了心。的确，作为情报局的第二大人物，参谋长为了工作和局长安全，已经殚精竭虑、兢兢业业地工作十几年了。其实梅瑟威局长知道参谋长是担心自己，他也是打心眼里感谢参谋长十几年来所做的一切。"谢谢，真的感谢你，参谋长。我知道你是为了我的安全着想。但是我个人认为，这件事远没有你想得这么简单。我之前派007执行的最后一个任务，本意是为了让他出去散散心，从丧妻之痛中走出来。你应该记得他当时那副低沉萎靡的样子吧。那个任务本来十分简单易处理，然而我万万没有想到，那个黑手党布洛菲尔德也在日本。真是冤家路窄，邦德为妻复仇心切，就杀掉了布洛菲尔德。说来也奇怪，从那之后，邦德就像从地球上消失了一样，还消失了整整一年。所以我们必须知道这一年内到底发生了什么事，他到底发生了什么事。而且，邦德现在的做法一点也没错。当初是我派他去执行那个任务的，他当然要亲自向我直接汇报了。我没有理由不见他，你不必太担心，我很了解007，他固执得很。他要是说他只跟我说这些事，他就绝对不会跟其他人说，况且我也很想知道他到底碰到什么事了。"局长也十分诚恳地说，见参谋长仍不放心、欲言又止的样子，他接着说，"你可以从监视器中观察我们的情况。如果他有动武倾向的话,就立即进来抓住他。至于他身上带着的那把枪嘛,"局长抬头看着天花板,故弄玄虚地笑着说,"不是还有它嘛。你检查过这玩意儿没有?"

"是的,这个没有问题。局长,我每天都会检查它一遍。但是,我还是想……"

参谋长话还没说完,局长就挥了挥手,示意参谋长别说了:"好了,我已经决定要见邦德了,这是命令。"

忽然,桌上对讲机的灯一闪一亮。"应该是邦德到了,你去把他请进来吧。"局长微笑着。

"是,遵命!"参谋长说完,走出局长办公室,轻轻关上了门。

门外,邦德早已恭候多时,朝着局长秘书莫尼彭尼小姐冷冷地微笑着。莫尼彭尼被邦德这一笑弄得不知所措,直冒冷汗。幸好这时,门开了,参谋长走了出来。邦德脸上还挂着那冰冷的笑容:"你好啊,比尔。"邦德虽然在笑,但是并没有伸出手去握参谋长的手。

"邦德,你好!真是好久没见到你了!"参谋长——比尔·唐纳,用热情的腔调漫不经心地敷衍着邦德。与此同时,他的余光,看到了站在邦德身后的莫尼彭尼在拼命地给他使眼色打手势,神情十分紧张无奈。"梅瑟威局长要立即召见007,请你带邦德先生进去。"参谋长看着莫尼彭尼的眼睛,毫不犹豫地说。

"参谋长！五分钟后局长就要去参加内阁会议,您忘了吗？"莫尼彭尼着急地暗示。

参谋长当然知道莫尼彭尼是在暗示他了,但是局长已经下了命令,他必须遵从上级命令。"没错,这个我知道。但是局长交代你必须为他推掉这个会议,他要见邦德。"参谋长转过头,接着对邦德说,"好了,邦德,你可以进去了。不能一起吃午饭真是太遗憾了。等你和局长谈完事情,我们一定要找个地方好好聊聊。"

"行啊。那就待会见了！"邦德说完话,挺直了身板,昂首挺胸地走进局长办公室。

"天哪,参谋长！"莫尼彭尼双手掩着脸,简直不敢相信参谋长竟然放邦德进去这一事实,"邦德很不对劲,他的笑简直让我心惊胆战。您为什么要放他进去呀？这下可怎么办啊！"莫尼彭尼都快绝望了,急得眼泪都要出来了。

"淡定一点。我还有事情要办,先走了。"参谋长说完,就步履匆匆地走进自己的办公室,急忙关上了房门,一屁股坐下,慌张地打开监听器和监视器。

"邦德,好久不见。见到你平安回来真是太高兴了。来,请坐。我们好好聊聊！"参谋长侧着耳朵,仔细听着他们的对话,眼睛直勾勾地盯着监视器屏幕,生怕错过每一个细节,同时拿起内线电话打给安全室。

从监视器里可以看到,邦德坐在他经常坐的那个座位上。邦德自己也觉得奇怪,觉得这里似曾相识,鬼使神差地就坐在那里了。由于被克格勃长期洗脑,他已经记不太清这些往事了,但是脑海中总会闪过支离破碎的零散记忆。这些记忆碎片就好像一个手法十分拙劣的导演剪辑的影片,镜头散乱,情节紊乱,搞得人晕头转向、稀里糊涂的。无论邦德怎么努力回想,都无法拼凑成完整的记忆,所以干脆不想了。他现在必须要聚精会神,小心翼翼地说每一个字,不能再想其他的事情,否则就没法完成苏联交给他的任务。

"局长,我的脑部受过重创,很多事情我都记不太清楚了,"邦德用手指了指自己的右太阳穴,"这是当时我在执行任务时受的伤,也就是您派我去日本执行的那次任务。当时偏偏撞到了杀妻仇人布洛菲尔德,您也知道我是不可能就那么放过他的!虽然我亲手杀了他,也总算是了结了心头之恨,但是我也伤得不轻,脑部受到重击,失忆了。再后来,我也不知道怎么就鬼使神差去了海参崴(苏联的城市),一上岸就被海参崴当地警察抓起来。我根本都不知道为什么抓我,我当时只记得自己是个日本渔民,而且都记不清自己是怎么去的。是坐船呢?还是坐飞机呢?"邦德一脸苦恼地敲敲脑门,紧皱眉头,陷入了深深思考。

"然后呢?后来发生了什么?"梅瑟威见邦德苦苦思考未

果，便开口问道。

"后来，我被苏联警察抓了起来就是一顿拳打脚踢，还揪住我的脑袋使劲往墙上撞。我之前脑袋就受重创，失忆了，被苏联警察这么揪着脑袋撞墙，我竟然猛然想起了一些往事。可能是以毒攻毒的功效吧，"邦德苦笑，"我就记起自己根本不是日本渔民啊。这也难怪我被抓，我当时上岸的时候硬说自己是日本来的渔民，哪有日本人长成高鼻子蓝眼睛白皮肤的啊！所以这也难怪苏联警察把我抓起来，严刑拷打，他们肯定认为我是间谍，还把我送到克格勃的莫尔斯卡亚分部。这个分部没多远，就在港口旁的铁路对面，是在一座灰色大楼里面。当时他们取了我的指纹，送到了克格勃的莫斯科总部。总部以为抓到了一个国际间谍，兴奋得不得了，立马派专机，还是军机呢，把我押到了莫斯科的克格勃总部。他们花了好几个星期审问我，试图挖点秘密情报，但是我真的什么都记不清了。除非他们给点提示，我才能想起些零星的事情，但是我也不能准确说出所有情况，只能把自己知道的事情说个大概。然而这不是他们想要的答案，他们很不满意我的回答。"

"很不满意？"梅瑟威局长眉头紧皱，眯起眼睛盯着邦德看，"你不是把自己知道的事情都说了个大概吗？他们还不满意？话说回来，你把自己知道的事情都说了？这是不是，有点，太大方了？"局长话里有话，心里对邦德的忠心也开始犯嘀咕了。

邦德看局长脸色不太对，意识到自己说的话可能让他起了疑心，所以赶紧打圆场："我当时意识很模糊，搞不清自己到底是谁，记忆也不完整，就把很多事情乱说一通。我现在都记不清自己说了什么。"邦德装作很失望地摇了摇脑袋，以求局长信任，"而且他们对我很好，让我感到无以回报，所以我当时就是想尽自己所能去感恩，就把自己知道的事情说了个大概。"

"对你很好？对你拳打脚踢这叫很好吗？"

"那是海参崴的警察对我动粗，莫斯科总部的人待我很好。他们后来把我送到了彼得格勒最好的一家医院，还安排了最顶尖的脑科医生给我治病，对我照顾有加，一点都不计前嫌。我住院的时候，经常有很多政府官员来看望我，安慰我，陪我聊天，还跟我讨论时政问题……"邦德一边回忆，一边说。

"什么时政问题？"局长迫不及待地打断了邦德，他很想知道苏联到底给邦德灌了什么迷药，让他曾经引以为傲的手下——007，变成如今一副崇洋媚外的模样！

"是关于世界和平。现在这个世界太动荡了！他们觉得只有西方和东方和睦相处，才能天下太平。其实也就是说，只有美国和苏联和平共处，这个世界才能安定！"邦德说到这里，声音不由得提高了，"不光是这个问题，他们还跟我讨论了很多其他的事情，让人心悦诚服！而我从前根本都没有去思考过那些事情，从前的我简直就像是个杀人机器！"邦德直勾勾地看着局长。他那原本镇定冷漠的目光,突然之间,像是燃起熊熊大火那样炙热。

"局长,我觉得您可能理解不了我的意思,也不会赞同我的观点。因为您这一生都在马不停蹄地对其他国家发动战争,政治战争、军事战争……现在您仍然执迷不悟,还要不停地挑起战事。"邦德越说越气愤,"我的大半生都做了您的战争工具,杀人傀儡!您要我干什么我就干什么,像个傻子一样,没有自己的思想!幸好,现在我摆脱了,这一切都结束了,我再也不是从前那个007了。"邦德一股脑儿说完这番话。这简直是一道离经叛道的战书,任谁听了都会火冒三丈,心生疑惑。监控室里的参谋长听到这里已经按捺不住了,他觉得邦德肯定有问题,肯定叛变了。他必须赶紧做好安全措施,以防万一!

而我们的局长大人不动声色,如一尊佛像那般深沉安静。毕竟是情报局的老大,大风大浪都见惯了,但是听到曾经的心腹说出这番大逆不道的话,他也是痛心疾首。他强作镇定地说:"世界确实需要和平,我也确实发动过一些战争,但我都是为了我们的国家!你想想,如果苏联真的如你所说那么热爱和平,那他们要克格勃这种秘密组织干什么?你可知道,根据最新的情报统计,克格勃的工作人员至少有十万人,也就是有十万人正在预谋如你所说的那些战争。你就是被这种见不得光的地下组织给迷得神魂颠倒了吗?我问你,他们有没有告诉你上个月在慕尼黑发生的'赫尔切'和'斯图拉'这两起谋杀案?"

"有的,局长,他们有和我谈起过。"邦德心平气和地回答,好像并没有被局长这些话所打动。

"不过,局长,是西方国家的秘密组织侵略在先,苏联只是迫于形势才不得不那么做,纯属正当自卫。局长,如果你愿意解散这个情报局的所有机构,"邦德用手指了指这栋大楼,"那苏联也会马上解散克格勃所有机构,世界就和平了。我觉得他们肯定很愿意接受这个做法。"

局长已经抑制不住怒气了,火冒三丈。"那么,请问,他们也会解散陆军、U艇部队和破坏力极大的洲际弹道导弹部队吗?是吗?"局长逼问邦德。

"当然会的,局长,相信我!"邦德无所畏惧、大言不惭地脱口而出。

局长冷笑一声:"这真是极好的回答。既然你觉得苏联这么深明大义,还愿意放弃自己国家的国防设备去维护世界和平,那你为什么还要回来?你应该留在那边享受和平。之前也不是没有人这么做过。你知道的吧,伯格斯(英国情报局的一个特工)当时就选择留在苏联,现在已经死了。哦,还有一个麦克林,他还留在苏联,你刚好可以有个伴!"

"局长,我回来是有原因、有任务的。我和苏联都觉得,我应该为世界和平贡献自己的力量,所以我选择回英国来说和,

The man with the golden gun

劝服你们不要再发动战争。局长,您曾经训练我在秘密战争中取胜的知识和技巧。现在我觉得,如果把那些知识和技巧放在为和平而努力的战斗中,会更有意义!"说到这里,邦德的一只手已经若无其事地插进了衣服的右边口袋。

局长早已看到邦德这个小动作,也装作漫不经心地转动桌子后面的椅子,看似随意地把左手搭在了椅子上的一个秘密按钮上。这就是参谋长每天都要检查的安全装置,只要一按下,局长桌子上面的天花板就会立刻落下一个又长又宽的防弹玻璃罩,保护局长。

局长冷静地看着邦德说:"比如呢?你打算怎样为和平而战呢?"局长说这话的时候,他知道邦德杀心已起。这番话就好像是下死亡宣告,只会让邦德更加坚定要杀自己的心意。他已经做好死在椅子上的打算了。

此刻,邦德嘴唇都发白了,已经紧张到了极点。眼睛还是死死地盯着梅瑟威局长,眼周青筋暴露,眼睛却空洞无神。身体僵硬却颤抖,他咬牙切齿地用尽全身力气说:"第一步就是要消灭好战分子。局长,第一个就是你!"

说时迟那时快,邦德手里已经握着那把黑色手枪,正指着梅瑟威的心脏。邦德按下扳机,两团毒液径直朝梅瑟威咻咻地射去。

几乎就在同一时间,局长赶忙摁下按钮。眼看就要"中彩"

了，局长紧张得快要不能呼吸，本能地用手抱住自己的头。忽然，邦德头上的天花板发出一声清脆的巨响——嘭！那个防弹玻璃罩严严实实地遮住了局长。而那毒液就不偏不倚地射在防弹玻璃中心，四处飞溅，滴滴答答地沿着玻璃往下流。事情进展到这里，局长终于长舒一口气，总算有惊无险，他立马恢复好坐姿。

监控室里的参谋长早就洞悉一切，他和安全室主任两人，早已心急如焚地候在局长办公室外。他们听见里面有响声，想必一定是用了防护罩，就破门而入，直扑邦德，紧紧擒住邦德的双手。这时的邦德，已经因为紧张过度而休克了，没有反抗，全身软绵无力，脑袋已经耷拉到胸前了。要不是参谋长和安全室主任死死抓住他，邦德根本就没法在椅子上坐住，肯定会从椅子上滑下来。

安全室主任嗅了嗅玻璃上的液体，喊道："有毒！"同时一脚踢开地毯上的手枪，"全部出去！快！"听到这话，屋内的人都慌了，乱作一团地拥出去。此时，梅瑟威局长从里面走了出来。"局长，这里很危险，请您立刻离开。中午我会派人清理这里。"他的这几句话就像命令一样，梅瑟威局长立即转身，开门走出去。一开门，站在门外的莫尼彭尼看到邦德僵硬笔直地躺在地上，吓得用手紧紧地捂住自己的嘴巴。她眼睁睁地看着邦德被拖出局长办公室，拖进参谋长的办公室，在地毯上留下了两条又长又深的印痕。

  局长看着呆若木鸡、惊慌失措的秘书,命令道:"把门关上,莫尼彭尼小姐。立刻通知值班医生来急救。快去啊!我的姑奶奶,别站着发呆啊!还有,这件事要保密,对谁都不能说,懂吗?"

  莫尼彭尼努力使自己从惊慌中恢复平静,一边条件反射地回答"遵命!",一边慌张关上门,就立刻打电话通知医务室派人速来急救。

  这个时候,局长已经进了参谋长的办公室,关好了房门。安全室主任正蹲在邦德旁边,解开他的领带和衬衣纽扣,好让他呼吸顺畅。只见邦德脸色惨白,全身虚汗淋漓,喘着粗气,呼吸急促,就像刚刚跑完一场超长马拉松那样虚弱。梅瑟威局长看了一眼邦德,然后转身走到窗子前,看着窗外陷入了深思。

  过了一会,局长转过身来,若有所思地对参谋长说:"老唐,我刚刚也差点没了。你知道,前任局长就死在那个椅子上。跟我今天情况一样,他也是被自己人枪杀,一发子弹就结束了他。杀他的人也是精神出了问题。精神病患者受法律保护,那事就不了了之,因为没法给精神病人判罪。"局长望着天花板,有些愧疚地说,"我之前都觉得那个防弹玻璃没用,今天竟然救了我一命。我真的要好好感谢你和技术部,要不是你们,我就……"局长长叹一声,"参谋长,你之前说得对,邦德现在情况糟糕,我不能再让他这么下去了。你尽早把007送去'公园',让詹姆斯·莫洛尼医生给他治疗。就用救护车送去吧,但是要派人暗中保护。对于这件事,下午我会向莫洛尼爵士解释清楚。你现在打个电话简短地跟莫洛尼爵士解释下,就说邦德被苏联抓去了,被洗脑了,身体很虚弱,有点失忆。然后说我下午会跟他一一解释。"

"好的,我这就去办。"参谋长回答。

"等等,还有,派人去丽兹大酒店把邦德的东西都取回来,顺便结清酒店费用。关于公众舆论方面,先透露点官方消息给通讯社。就这么说,国防部很高兴,不不不,国防部很欣慰并欢喜地宣布,情报员007詹姆斯·邦德,去年11月被派往日本执行任务时不幸失踪,大家误以为他殉职。现在他终于从苏联返回英国,而且收集到了相当丰富且极具价值的秘密情报。此次任务十分艰巨,情报员邦德与破坏势力斗智斗勇,现在已是身心疲惫,十分虚弱。现在他正在接受医生的治疗,希望他能尽早康复。"俗话说,家丑不可外扬,不仅不能声张,还得帮邦德说好话,这简直是太可笑,局长不禁冷笑了一声。

"还有,警告通讯社的人,这是国防机密,严肃对待这件事情,千万不可随意大做文章。告诉他们,为了安全起见,请他们切勿在上述消息中附加任何推测和个人见解,以免公众误解。同时,严禁去跟踪采访邦德。参谋长,你看这样可以吧?"

The man with the golden gun

比尔·唐纳快速地记下局长的那些指示,然后疑惑地抬起头,问道:"局长,您不打算制裁他吗?怎么说他这个也算是叛国了,而且还试图谋杀您……我的意思是,这个事情您不打算通过军事法庭来处理吗?"

"绝对不能这么做!"局长态度强硬,"007精神不正常,一个精神病是不用负任何法律责任的。再说了,他既然可以被苏联洗脑,为什么我们不能对他来个反洗脑呢?我相信莫洛尼爵士肯定能胜任这个任务。这样,在007疗养的这段时间,薪水减半,职位不变。过去这一年的薪水和津贴,全部如数补发给他。"局长点起一支烟,猛吸一口,对自己这个英明决定十分满意,"克格勃既然有胆量用我的心腹来对付我,我当然也有胆量用邦德对付他们,以牙还牙!007一直是我最出色的情报员。等他状态恢复了,我相信他会比以前更加出色。我对他抱有很大的希望。所以,我想尽可能保住他,宽容他做的一切事,这也正是我不想把这事交给法庭处理的原因。好了,你懂我的意思了吧!"局长看了眼参谋长。参谋长使劲点头,打心眼里佩服局长的才智和胆量。"下午把金枪人斯卡拉的资料给我。如果我们能把邦德给转化回来,那么派007去对付金枪人是再好不过了。"

参谋长不假思索地反对道:"我反对!局长,007根本不是斯卡拉的对手,这就等于让邦德去送死!"

"参谋长,你可别忘了邦德今天上午对我做了什么。反叛!"局长冷冷地质问,"叛国贼的罪行,可不止蹲二十年牢狱吧!让他去对付金枪人是最好的解决办法,对他,对我们,都好。你说呢?"局长瞥了一眼参谋长,只见参谋长默默无言,"我这是给他将功赎罪的机会。只要他完成这个任务,我们就能不计前嫌,再次相信他,他也能赢得属于他的所有。总而言之,我已经决定了。你不必多说。"

咚咚咚,这时门外响起了一阵敲门声,值班医生走了进来。局长转身向医生问好,之后便离开了。

参谋长看着局长离开的背影,轻声地喃喃自语:"真是铁石心肠!太冷血了!"然后就开始按照局长下的指令,一一认真仔细地处理好每一件事情。他从来都不会对局长的指令刨根问底,追根溯源,这也是他在这个位子上坐这么久的重要原因之一。

The man with the golden gun

第三章　变态金枪人

午饭时间，像往常一样，局长来到布雷兹会所，点了一份多佛烤比目鱼，涂上一层厚厚的斯提耳顿奶酪，坐在窗子旁边一边看报纸一边吃。他时不时地翻阅报纸，看起来像是在专心看报，却显得有些焦躁不安。但实际呢，他压根没这闲心看报纸。他做出让007去对付金枪人斯卡拉的打算，其实心理也忐忑不安。第一，斯卡拉可是个狠角色，老奸巨猾，步步为营，心狠手辣，而且心里有些扭曲变态，杀人方法怪异，手段残忍。再加上他的枪法快准狠，一般的情报员根本无法与之抗衡，之前派去的情报员都被他给杀了。所以，一直逍遥法外的斯卡拉，就像一根插在梅瑟威屁股上的图钉一样，动一动就疼，但就是拔不下来！第二，要是邦德没发生这茬糟心事，那邦德肯定是对付斯卡拉的头号人选。只是邦德目前这情形，能不能让他再次忠心耿耿地效劳于自己，都是个不敢确定的问题。因而，梅瑟威也没敢把赌注全押在邦德身上，万一邦德还是执迷不悟呢？那必定会掀起一场腥风血雨，满城动荡。那可就麻烦了。况且，就算是以前的007，也不一定能拿下斯卡拉，而目前情报局最优秀的一个情报员，前不久已经被斯卡拉戏杀了！一想到这里，局长就感到十分头疼。

波特菲尔德是这座会所的领班，英姿飒爽，最擅长察言观色，也最受客人欢迎。从梅瑟威一进门，他就注意到了他有些不太对劲。

波特菲尔德站在冷盘取餐台后，对站在身旁的莉莉说："这个老人家今天不太对劲，肯定有麻烦，有烦心事。"波特菲尔德之所以受人尊重，不仅因为他是领班，还因为他很善解人意，是个忠实的聆听者，所以，这里的人都愿意向他诉说不快。这样一来二去，诉说心事的人多了，波特菲尔德就知道了许多事的来龙去脉。如此一来，他就能猜中许多人的心思了，就像个心理学家，洞悉人心，这让他感到非常自豪。"你知道吗？迈尔斯局长老是喝醉酒。你看他桌上那瓶阿尔及利亚的红酒，红酒委员会平时都不会把这种好酒摆出来的。这酒专门用来献殷勤，讨好迈尔斯局长。局长还告诉我，他之前当兵的时候，有次喝多了这酒,结果整个人都好像要爆炸了,暴躁得很,完全控制不住自己。所以他就给这酒取了名字,叫'狂暴者'。在我为他服务的这十年里,他喝这酒从来都不超过这个杯子半杯。"波特菲尔德拿起一个玻璃瓶,用手比画了一下。他脸上的神情十分严肃,像极了传道士,看似一本正经地打量揣测着局长的心思,面露不祥,就好像他猜中了今天发生的事情似的。

莉莉看波特菲尔德这副表情,以为肯定有惊天内幕,情不自禁地拍了下手:"你看出什么啦?今天发生了什么大事吗?"她把头伸过去,准备洗耳恭听。

"这个人今天对我说,"波特菲尔德若有所思地说,"'波特菲尔德,一杯'狂暴者'。满杯!'我知道他肯定心情不佳,所以什么也没说,直接给他拿了杯酒。"这时,波特菲尔德看到梅瑟威局长起身准备埋单,就欲言又止地匆匆结束话题,"但是,莉莉,你记住我说的话,局长今天铁定遇到很麻烦、很棘手的事!"

梅瑟威局长埋单有个习惯,那就是无论他消费多少,都要给五英镑的小费。而且这五英镑,要么是崭新的纸币,要么是闪闪发亮的新出炉的硬币。而找给他的零钱通常都是最新的硬币。因为布雷兹有个风俗,就是一定用最新的硬币找零给会员,梅瑟威对这个风俗十分满意。

这时已经下午两点了。

波特菲尔德面带微笑地给局长找零。局长心事重重地点点头,随意挥了挥手以示问好,然后行色匆匆地离开。局长的座驾是老式黑色劳斯莱斯幻影,又快又稳,载着局长一路北上,穿过潮流繁华的伯克利广场,热闹非凡的牛津街和风情十足的威格莫尔街,最后在摄政公园停了下来。一路上,梅瑟威局长从头到尾都没有看过车外街景,他就直挺挺地坐在后面,他的帽子(圆顶硬礼帽)方方正正地扣在脑门上,一本正经极了。他就向着司机的后脑勺闭着眼睛发呆,苦苦沉思着。

  从他离开办公室那刻开始,他已经不止一百次地想这个问题了。总之,他觉得自己对邦德这件事处理得十分正确,可谓英明神武。他心里想着:只要邦德能够恢复正常意识,愿意继续为大英帝国忠心效劳,那我一定会重新安排他进情报00组。毕竟他是神枪手,受过严苛训练的,枪法精准。如果战斗中他瞄准了敌人,就一定能将其一枪毙命。人才不可多得,到时候,我不仅要让他官复原职,还要派他去对付苏联的斯卡拉!这对苏联来说肯定是个奇耻大辱。而且,我相信莫洛尼爵士,他可是超级神经学专家,凭他丰裕的知识和精湛的医术,肯定能找回以前忠心耿耿的邦德!就这件事而言,我可以原谅邦德,但是我永远不会忘记。他竟然被敌人利用,对我开火,要是今天是真枪实弹,我可能就没这么幸运了。当然,也可能随着时间推移,我会渐渐淡忘吧。总部那些人,今天上午看到了邦德被拖出我的办公室,估计事情已经传得沸沸扬扬了。想到等下回

The man with the golden gun

去之后,大家都要装作全然无知,什么都没发生的样子……然而,明明大家都看到邦德就在我眼前被拖走……真是想想就尴尬!今天邦德说我把他当作一个工具使用,而这世间谁又不是工具呢?在这个情报局,每个工作人员都是执行任务和达到目的的一个工具。邦德既然能凭着自己的实力和智力进00组,那他也应该知道解决棘手问题的最好办法就是灭口。而我留了他一个活口,所以我现在就不追究今天上午所发生的事情,还给他个机会,将功赎罪的机会,干掉斯卡拉。如果他任务成功了,那就光荣复职。要是他不免于难,那也是为国捐躯,死得其所。暂且先不管他成功还是失败,这是解决目前这些事情的最好办法了。而且邦德,必须义不容辞。

想到这里,局长对自己的决定十分满意,便下车,坐电梯回八楼了。顺着走廊回办公室,一路都散发着一股刺鼻消毒剂的味道,越走近办公室就越强烈。他不由自主地皱了皱眉,心里想着怎么回事。

要是平时,他肯定就径直向前,自己掏钥匙开门进办公室了。但是今天,却一反常态,转了个右弯,走进秘书莫尼彭尼的办公室。莫尼彭尼就像平时一样坐在椅子上记录日常通信讯息。看到局长走了进来,便连忙站了起来,赶忙问好:"局长下午好。"

"哪里来的这么刺鼻的怪味?"局长问。

"回局长,我也不知道那叫什么。安全室主任之前带化学部队去过您办公室,清理了好一会。他出来的时候,说您待会可以进办公室,但是最好要开窗透会气,所以我就关了暖气。"

局长微笑着点点头。

"参谋长去吃午饭了,还没回来。他让我告诉您,事情他都处理完了。莫洛尼爵士现在在给邦德检查治疗,您可以四点钟之后再跟他联系,如果您还有需要的话。还有,这是您要的资料。"莫尼彭尼双手捧着一大摞棕色文件夹,文件夹最右上角还标有红色五角星,这表明这文件是绝密,是最高机密,不得泄露。

"什么资料?"局长有些迷糊了。

"金枪人斯卡拉的全部资料,您上午说……"

"我知道了。"梅瑟威伸手接过这些资料,"邦德后来怎么样,他醒了吗?"

"回局长,我想他应该是醒过来了。医护人员给他扎了一针,好像是强心剂吧,情况略见好转。然后中午的时候,给他铺上了一层白布,用担架抬走了。坐货梯下去的,没什么人看到。目前为止,我也没听到局里有人议论这个事。"莫尼彭尼说。

"很好。邦德今天就像吃了兴奋剂一样,为了安定他耽误了很多时间。后续有情况随时通知我。"局长说完,捧着文件回办公室了。局长这番话,似乎要刻意隐藏邦德做出的越轨行为。

莫尼彭尼紧紧跟着局长,心里已经牢牢记下了局长说的所有的话。不管是工作上的要求,还是随口一说,只要是局长的话,她都字字不忘。这十年来,她看着局长一路高升到现在这个职位,看到他费了不少心血。这些年来,他人入中年,渐渐谢顶,头顶锃光瓦亮……跟了他十年,她经常在想,自己到底是喜欢这个男人呢,还是讨厌呢?想也没想出个所以然来。但是,毫无疑问,局长是她最尊重的人。

"哦,对了,谢谢你。"局长坐下,微微一笑,"现在,我需要一些时间安静地看这些资料。有人找我的话,就说我待会回电。当然了,如果是莫洛尼爵士的电话,就立即转给我。"

"好的,局长。"莫尼彭尼轻轻关上门。

梅瑟威一边打开文件夹看着目录,一边伸手够烟管。心里想着能不能找出点有用资料。然后点烟,舒服地靠在椅子上仔细翻阅:

变态金枪人——斯卡拉

金枪人斯卡拉是苏联克格勃的一名自由职业杀手,秘密操纵哈瓦那(古巴的城市)的古巴秘密情报局。但是,在中美洲和加勒比海周遭,他有权力为其他黑手党组织效劳。据有关资料统计,自1959年卡斯特罗执政古巴以来,斯卡拉就开始疯狂扫荡西方国家的情报人员。死在他枪下的情报人员数量直线上升，其中死者以英国国防部秘密情报局的工作人员居多，其次是美国中央情报局以及其他西方国家的情报员，已经对西方国家造成了极大威胁。他每到一处，都会引起极大恐慌。无论警方戒备多么森严，他都能来去自如，全身而退。斯卡拉十分神秘，当地人都把他当作神话一样的存在，称他为"金枪人"。

"金枪人"这个名号源于他经常用的一把镀金的枪。这把枪是柯尔特45口径自动式，单机枪，全镀金，长枪管，长枪柄。他所使用的子弹是特制子弹，弹心是24K纯金，外包银衣，弹头口有交叉格纹，杀伤力极大。斯卡拉还私造这种子弹头。被斯卡拉杀害的情报员数不胜数，其中包括：英属圭亚那的267号情报员，特立尼达的398号情报员，牙买加的943号和742号情报员，等等。另外，英国情报局的区视察员098号的双膝被斯卡拉射中，终生残疾，现已退休在家颐养天年。（以上文献请参考中央记录处有关斯卡拉在马丁尼克岛、海地和巴拿马的案卷。）

"金枪人"个人特征描述：约35岁，身高6尺3寸，身材纤长，身手矫健。淡褐色眼睛，平头，发色棕红，留有长络腮胡，褐色短须，双耳平贴脑袋。面容瘦削，脸色阴沉，面露凶光，神情诡异。城府深不可测，狡猾多端。双手大而

The man with the golden gun

有力,指甲干净整齐。显著特征:左乳下方约两英寸处有第三只乳头。(注意:伏都教徒和当地邪教分子把这奉为是刀枪不入和性功能强大的标志。)滥交,性欲旺盛,欲求不满。他有个习惯,每次行凶前,都要尽情释放性欲。据说,这样可以让他瞄得更准。(许多专业的草坪网球运动员、高尔夫球手、枪手、狙击枪手等等都一致这么认为。)

出身及经历:在加泰罗尼亚出生,父亲是一个马戏团(名为加泰罗尼亚)的老板。斯卡拉就在马戏团中长大,教育全靠自学。

在他16岁的时候(马戏团倒闭不久后),全家非法移居到美国。然后他就开始接触街上的流浪汉,干些偷鸡摸狗的事来维持生计。后来,因在内华达州的爆闪帮训练有素,成为一名职业杀手,在赌城拉斯维加斯的皇家赌场做保镖。名为保镖,实则为"爆闪帮"的刽子手,专门处理耍老千的人以及帮派内鬼和外部敌人。在1958年,他与底特律紫手帮的"神枪手"雷蒙·罗德里格斯,进行了一场决斗。决斗时间是晚上,地点在拉斯维加斯的雷鸟高尔夫球场的第三块草坪上,斯卡拉"快准狠"地枪杀了对手,赢得那场决斗。也因此名声大振,而被迫离开拉斯维加斯。(据说,两人相距二十步。对手连子弹都没射出来,斯卡拉就连发两颗子弹,直穿对手心脏,速度极其快。)爆闪帮奖励了他10万美金。他带着这些钱,游遍了加勒比海区域,还把钱用来投资,赚了不少钱。事后,他又潜回了拉斯维加斯,把这笔钱用来做房地产开发,还做了不少生意,赚足了钱。但是他野心勃勃,欲求不满。于是,后来去古巴做了职业杀手,专门杀古巴的高级警察。1959年,斯卡拉在古巴哈瓦那定居,眼看古巴要政变,他就以巴蒂斯塔的假名暗中帮助卡斯特罗掌权。古巴革命结束后,卡斯特罗执政,他又以古巴警察的名义,被苏联秘密组织纳为己用,专门用来对付外敌,枪杀了上文提到的那些情报员。他还得到了苏联的护照。

护照:各种各样,包括古巴外交官护照。

伪装:从不伪装。斯卡拉行踪神秘,杀人于无息,根本不需要化装来伪装。换句话说,他虽然名声大噪,但是没有犯罪前科,因此警方查不到任何蛛丝马迹。迄今为止,在他的活动范围内,特别是苏联和古巴,他行动自由,神出鬼没,还享有特权,受特别保护。并且,他还有一群仰慕追捧者(比如牙买加的拉斯特法里教徒)对他唯命是从。另外还有古巴政治家对他随时待命,随叫随到,为他提供方便和救援。此外,他的外交官身份让他如虎添翼,给了他合理合法的条件去完成暗杀行动,使他更加疯狂,肆无忌惮。

The man with the golden gun

　　经费来源：斯卡拉活动经费十分可观，但是来源不明。消费都刷信用卡，不用现金和支票。他的银行账户有很多，而且遍布各地，可供他随时随地所需。另外，有古巴这个经济靠山，他完全不用担心汇外币的问题。

　　局长看到这里，紧皱的眉头始终没有松开。这可真不是个好对付的主儿，他心里一边想，一边把烟丝装进烟管，深深地吸了口烟。这前面的内容都是些常规信息，没有特别之处。但是，后来文件上面的主任秘书的备注就非常有意思了。

　　主任秘书曾是牛津大学的历史学教授，不过他从未向人提起过这件事。在总部工作时，他生活奢侈，过度消费，办公环境虽小但过于舒适，还喜欢在加里克俱乐部享用豪华大餐。而且他工作态度十分随意，随便问几个人一些问题，就轻易做出决定，再上交。虽然梅瑟威局长对主任秘书有些偏见，但是不得不承认，他十分欣赏主任秘书。无论是生活上的穿衣风格、生活方式、处事态度，还是工作上思维的敏捷性、知识的广泛性和判断的准确性，都让梅瑟威瞠目结舌，拍手称赞。总而言之，梅瑟威十分欣赏主任秘书的个人见解。

　　抽了几口烟后，梅瑟威局长兴致勃勃地重新拿起资料看，主任秘书写道：

我对这个人十分感兴趣。要知道,对于一个一般的国家情报特工来说,任务失败是在所难免的,一夜成名就更不用说了。然而,对他而言,无论情形多么危险糟糕,他都能冒着危险圆满完成任务,从来没有失手过,可以说是战无不胜,前提是对方付他足够的钱。通俗点说,他并不是一个特工,而是一个大名鼎鼎的赏金猎人。另外,我对他做了较多的调查。的确,他杀人成性,冷血无情,对同伙也毫不留情。只要是他的雇主让他杀的人,即使对方与他无冤无仇,他都会狠心下毒手,心理有些变态扭曲。经过我的调查,发现他童年有阴影,这也是让他性情凶狠的主要原因。据我所知,他小时候跟着他父亲的马戏团到处游荡,到处表演。尽管年纪轻轻,却射击技术精湛,总是能引起满堂喝彩。他身体结实,经常做替身,经常是叠罗汉表演中的第一个罗汉,也就是叠在最底部的人,可见他身体多么结实了。他还是个象夫,也就是驯象者。另外,他还经常扮演印度王子,身穿华丽的印度长袍,头上包着穆斯林头巾,骑在一头名叫"马克斯"的大象上,身后还跟着其他两只大象。我对公象的其中一个特点极其感兴趣,所以我咨询了许多著名的动物学家关于那个特征的知识。我记得,每年的2至3月份是公象的发情期,在这期间,公象会时不时地骚动,性情大变。处于发情期的公象,耳朵后面会自然流出黏液,结成硬块。如果不及时清理掉那些硬块,大象就会异常狂躁,到处乱跑,后果不堪设想。

　　有一次,他们在的里雅斯特(意大利东北部港市)表演时出了一次重大意外。我个人认为,也就是这个事给年幼的斯卡拉留下了不可磨灭的阴影,导致他变成杀人如麻的变态。那天晚上,他们选择在郊区铁路旁边搭建棚子进行表演。当时的马克斯处于发情期,按理来说要把它耳朵后面的那些硬块都清理干净了才能上场表演。但是,检查的时候,没人发现硬块,就没有及时清理。在表演时,年幼的斯卡拉骑上大象时,不小心踢到了马克斯的耳朵,导致它兽性大发,仰天号叫,声音十分刺耳。马克斯一边惊慌尖叫,一边朝观众席狂奔,直接从观众身上踩过去。它直冲栅栏,沿着铁路一路极速狂奔。整个场地被它摧毁,鸡飞狗跳、伤亡惨重。(这件事还上了当地新闻报纸,标题写着:月圆之夜,噩梦之夜。描述得十分骇人听闻。)当地警察也被这情形吓了一跳,立马分成两小队,开着车在铁路两边的公路主干道上搜寻大象。幸好他们及时追到了这头可怜的大象。当警察发现它的时候,它的野性已经发泄完了。它乖乖地看着自己来时的路,安安静静站在路边,没有任何危险性。可是警察并不知道大象其实性情温和,无心伤人。当他们看见大象转过头来时,还以为大象又要开始发狂伤人,于是坐在车里就举枪齐鸣,一阵狂扫速射。万箭齐发似的子弹一个接一个地直射马克斯,可怜的马克斯遍体鳞伤,痛苦万分,再也按捺不住了,于是野性再度爆发,硬着头皮往前冲,直奔马戏团。警察就追在屁股后面持续扫射。前方哀鸣连连!当它跑到马戏团表演场地边时,它看到大棚子,认出了自己的家,就艰难地从铁路下来慢慢地往舞台中心走,举步维艰,一路摇摇晃晃,一路滴淌着鲜血。惊魂未定的观众看到大象血淋淋地回来了,四处逃命,尖叫声连成一片。可怜的马克斯,根本都没想去伤害任何人,它只是乖乖努力地回到舞台继续表演节目!一头象的独角戏实在孤独,况且它失血过多,十分虚弱,还挣扎着努力表演,时不时地发出哀鸣,这场景实在凄惨悲凉!其实,如果当时警察发现大象的时候,叫马戏团的大象管理员来安慰马克斯,那马克斯肯定就老老实实地回马戏团了,也就什么事都不会发生了!

可怜的马克斯,一边痛苦地嗷嗷叫,一边还用生命在表演,一次又一次地倒下,一次又一次地站起来。疼痛一步步侵蚀它,最后它使出全身力气,也只撑起一只腿。这个时候,拿着枪的小斯卡拉跑过来,像平时那样一面呼喊大象,一面朝大象扔套头索,想把马克斯带回笼中。马克斯似乎认出了它的小主人,以为主人要像平时那样开始表

The man with the golden gun

演了,就像平时一样弯下身子好让小主人坐上去。这个画面光是想都让人觉得心酸。可是,就在这个时候,警察又突然冲出来。那个无知的警察队长,蒙头直冲,一直冲到马克斯前面几米,伸手就掏枪。"砰砰砰!"警察队队长一口气打光了子弹,连连正中马克斯右眼,简直要命!可怜的马克斯惨叫一声,就倒地一命呜呼了。年幼的斯卡拉亲眼看见了整个过程!

据当时报纸报道,亲眼看见自己心爱的马克斯死去的斯卡拉,悲痛不已,怒火中烧,心中的复仇之火如熊熊火焰般燃起,就立马掏出手枪,对着警察队队长一顿狂射。子弹连连正中心脏,那个队长还没反应过来,就当场气绝身亡。看见他死了,斯卡拉就迅速钻入人群,逃之夭夭。由于人群混乱,再加上人心惶惶,追来的警察,怕再次引起混乱,也没敢再开枪,就眼睁睁地看着他溜走。事后,他悄无声息地离开了的里雅斯特,去了那不勒斯(意大利西南部港市),然后偷渡到了美国,接连作案。

所以,我认为,这场梦魇般的经历很有可能就是导致斯卡拉后来变成大恶人的原因。也就是从那天开始,一个杀人如麻的金枪人横空出世,心心念念地想着报复全社会,实为可怕。

客观地来说,那只暴走的大象伤了许多无辜百姓,这烂摊子本该由大象管理者来负责。而那个警察队队长为了保护平民百姓才拔枪杀象,他只是在做自己该做的事,尽职尽责。但是斯卡拉却一气之下怒杀了警察队队长,这说明这时斯卡拉的想法就十分极端,甚至可以说是心理变态,精神不正常。而这种心态愈演愈烈,以致发展成他现在这种杀人如嗜血的情况。无论如何,他现在的情况就说明了他心理变态。这些并不是我空穴来风的猜想,是依据事实推断出来的!

看到这里,局长拿起烟斗贴在鼻子旁边,轻轻地揉着烟丝,细嗅烟香,心里想着:有道理!主任秘书真是分析得头头是道!他又接着看。

另外,我认为他对待性的态度和性行为,也十分变态。就比如,他在杀人之前都会找个异性上床,狠狠地泄欲。奥地利精神病学博士弗罗伊德曾说,无论是业余射击爱好者还是职业杀手,当他们手里有枪时,他们就会感觉自己男子气概爆棚、性战斗力爆表。他们把枪当作是性能力的另一种体现。也就是说,性功能不足的男性会通过枪法来弥补自己内心的落差,所以他们对与枪有关的所有事物都极其好奇。比如说他们会收集各种枪支弹药、参加枪支俱乐部等等。斯卡拉对枪简直可以说是执念,近乎疯狂地迷恋。而且他嗜爱华丽金贵的枪支,他使用的银子弹和金子弹就足以说明这点。在变态心理学中称之为"恋物癖",也就是对某个物体迷恋到丧失理智。斯卡拉就是个十足的手枪恋物癖者。因此,我十分怀疑他的性功能有缺陷,无法满足异性,所以才把枪作为一种代替补偿品以弥补内心的自卑。我还在《时代》杂志上看到一篇文章,上面提到斯卡拉是一个不会吹口哨的男人。而文章还说,事实上,不会吹口哨的男人都或多或少存在性功能障碍的情况。我想,这也能说明斯卡拉性生活方面有缺陷。但是目前有一种流行理论:不会吹口哨的男人极大可能有同性恋的倾向。虽然这没有经过医学认证,无法判断真假,但我们确实能够从这些情况推测斯卡拉是不正常的。(现在,你看到这里可能会试验一下自己会不会吹口哨。这些理论正确与否,亲自一试便知——主任秘书写道。)

局长看到这里不由自主地就吹起了口哨,虽然他很久没吹过口哨了,但是哨声清脆明亮。他很满意,心里十分认同这个说法!又接着继续看。

因此,斯卡拉并不是卡萨诺瓦(欧洲有名的花花公子)

那样人见人爱的情场浪子,恰恰相反跟他有过关系的异性,都不太喜欢他。前面解释了枪对男人而言实际上是对男性生殖器官的暗示,并且在阿德勒心理学说中也极力提到男人对枪的偏爱其实是由于自卑心理。另外,哈罗德·李·皮特森也在他的书,即《一本有关枪的书》的前言佳句中对此有明确的解释。

皮特森先生写道:"在大千世界,男人生来就对自己的身体结构格外在意和着迷,其次就是对枪的迷恋。枪对男人的意义很直白,正如19世纪的奥利弗·温彻斯特所说,'枪是男人荷尔蒙旺盛的另一种表现'。当时人们不以为然,然而后来这句话不断被证实。枪简直让男人的控制欲从家庭内部扩展到外部社会,对男性有着极大的吸引力。因为拥有一把枪,并且枪法精准的话,这会极大地增强持枪人的自信心和个人魅力,会增大他的影响力和威慑力。这种影响远比'长手'要大得多,而且是持续不断的。由于枪带给男性的这种外在力量,让持枪者对自己的短处不那么在意。自古以来,男人使用的刀剑、长矛、弯弓都说明了男性需要外在武器来弥补内在不足。但是,如果使用者不够强壮,就无法将其发挥到极致,反而适得其反。与刀剑长矛弯弓不同的是,枪的威力是固定的。不需要使用全身力气去挥舞,只需要瞄准目标扣下扳机,子弹就能轻松射出，击杀对方。枪口朝哪，子弹就射哪。枪，可以说能够无限膨胀持枪者的野心。枪对男性的意义远远超过了其他一切器械，枪加快了国家独立进程，塑造了男人好战的天性。"

弗洛伊德心理学中的"长手"可以委婉理解成男性生殖器官的长度。其实说白了，就是性功能障碍。皮特森的文章就强而有力地证实了我之前的推测。尽管，我认为他文章的结尾措辞不太形象，但是写得入木三分，证点充足。如果是我的话，我会把"枪"代替"打印机"。

依我所见，斯卡拉这个人，不仅潜意识里是个偏执狂患者，反叛意识强烈，十分抗拒被管束，而且还是个有着同性恋倾向的性恋物癖者，内心十分扭曲。他心理的变态远不止这些，而且都不证自明。总而言之，考虑到他对英国情报局造成的严重损失，我觉得必须把他严加制裁，必要时可以采取非常手段，用非人道主义的方法，以其人之道还治其人之身，铲除他！这项任务难度非常大，一定要选择一个在胆量、计谋、敏捷性和枪法上与斯卡拉不相上下的特工去执行，才可能成功。

最后，在文章摘要的下面，有着加勒比和中美洲情报局局长的笔迹，上面写着"美国情报局同意"。另外参谋长也用红墨水特别标注了。

梅瑟威局长看完之后,盯着外面发了一会呆。然后,拿起绿色墨水笔,心事重重地写了几个字,字迹潦草,看上去似乎是"007执行任务"。最后签了名,表示这是一项命令。

合上文件后,他一言不发、纹丝不动地又发了一会呆,心想:斯卡拉这么难对付,我签字赞同邦德去对付他,这不就是相当于给邦德下了个死刑执行令吗?

The man with the golden gun

第四章　恒星预言——邦德回归

牙买加是个发展较为落后的地方，政府把所有的钱都用在修建金斯顿国际机场的飞机跑道上了，而候机室就只能使用为数不多的钱意思意思。金斯顿国际机场是世界上少有的设备简陋、服务萧条的国际机场，连空调都没有，夏天的候机室简直犹如烤炉。一个小时前，邦德就坐英属西印度航空公司客机从特立尼达拉岛飞到了这里。他已经在这里闷等了一个小时，还要再等两个小时才能登上飞哈瓦那的航班。在这种地方登机真是十分烦闷。天气炎热，他脱下外套，解开领带，惆怅地坐在一条硬板凳上，郁郁寡欢地看着免税店里价格不菲的香水、酒水，还有一大堆过度包装的特产。虽然之前他在飞机上吃了午餐,但是他现在口渴得不行。他很想打车去市区畅饮一番再回来,但是外面实在太热了,而且太远了,怕是一来一回赶不上飞机。他一边轻声抱怨着,一边用已经被汗水浸湿的手帕不停地擦脸和脖子上的汗水。

一名清洁工拖着沉重的脚步缓缓走过,和大多数加勒比人一样,面容异常疲惫倦怠,有气无力、慢慢吞吞地这里扫扫,那里扫扫。桶子里的水也不多,清洁工偶尔把拖把放进去沾沾水,洒在满是灰尘的水泥地上,弄得空气很浑浊。时不时地会有微风从百叶窗吹来,还带着一股红树沼泽的臭味,然后搅入满是灰尘的空气,臭气相投。除邦德外,休息室只有两个人,一男一女,拖着大行李箱,看上去像是古巴人。两人紧挨着,坐在邦德对面,直勾勾地盯着邦德,气氛十分诡异。邦德感到极其压抑,浑身不舒服,简直如坐针毡。于是,他站了起来,走进免税店买了份日报,回到座位上看报。这份报纸又多又杂,什么类型的新闻都有,而且还有十分匪夷所思的报道,正合邦德心意,好打发时间。一眼看上去,报纸的第一页基本上讲的都是毒品。从新颁发的禁毒法律讲到严控严打消费群体、销售市场和当地大麻种植的种类等等。为了消磨时间,邦德把报纸上的每一个字都仔仔细细地看了一遍,就连上期的"乡村新闻回顾"都不放过。

报纸上面还有"今日星座运势",他看到自己的星座运势解说:"恭喜你！之前遭遇的种种不快和失望,今天,你的工作将得到一个新的转机！你必须时刻留意事情进展,当机会降临的时候一定要牢牢抓住！这可是千载难逢的良机,千万不可错过！"邦德看了,嘴角微微上扬,看起来像冷笑,又像是自嘲。他心里想:哪那么容易？今晚一到哈瓦那就能抓住斯卡拉,斯卡拉人在不在哈瓦那都不知道呢！只能碰运气了！

一个半月以来,为了追踪斯卡拉,邦德已经走遍加勒比海和中美洲的各个地方,好几次都与他失之交臂。在特立尼达(玻利维亚)的时候,他只差一天就追上了;在加拉加斯(委内瑞拉首都)时,只差几个小时,也让他给跑了！现在,邦德不得不追到斯卡拉的老窝——哈瓦那了,这是邦德能想到的最后一个地方了。俗话说,强龙不压地头蛇,在他的地盘抓他,想想都觉得困难！这也是邦德最不愿意做的一个打算。邦德对这里人生地不熟,更何况到处都是斯卡拉的耳目,极其危险,他感到这次任务异常艰巨。好在邦德拿到了英属圭亚那的外交护照,便于隐藏身份。现在的他,是一名英国外文邮件特派员,奉英国女皇的命令去寻找遗失在哈瓦那的牙买加外交包裹。为了伪装得更真实,他甚至还跑去借了英国外文邮件特派员的徽章,一枚刻有灰狗的银质徽章。他干掉斯卡拉以后,可以凭借这枚徽章进出英国大使馆,然后大使馆的工作人员就会把他送回去。前提是他能找到斯卡拉,然后安全无误地实施他的计划……想到这里邦德就惆怅万分,光荣又艰巨的任务!他不想再猜测下去了,低着头继续看报,报纸已经看到最后一页的广告了。突然,有一则牙买加售房信息引起了他的注意,上面写着:

房屋拍卖信息

拍卖地点:金斯顿市海湾街77号

拍卖时间:5月27号(星期三),上午10:30

受牙买加萨方拉马市情人街三巷二号的布朗先生及其夫人的委托,本公司将其土地及房屋一并出售。

包括:屋内一切家具、地产权(北边以三大山脉五棵栖木围栏为界,南边以五条山脉一棵栖木为界,东边以两棵栖木为界,西边两条山脉两棵栖木为界,北接情人街4号。东南西北土地面积都差不多)。

亚历山大股份有限公司

地址:金斯顿海湾街77号

电话:4897

邦德看到这则牙买加的售房信息,心里很是高兴。他对牙买加太熟悉了,之前在那里冒着生命危险执行过很多任务。广告结尾的那段地址,还有其他零零散散的描述,让邦德真真切

The man with the golden gun

切地想起了自己以前在英国居住的公寓,虽然古旧,但是在那里度过的时光却也最惬意。牙买加虽是新独立的国家,但实际还在英国掌控之下,到处都留有英国的影子,邦德在那里可以随心所欲。所以他看到牙买加的信息倍感亲切。邦德看了看手表,这张报纸总算是帮他打发了一个小时。谢天谢地,终于快要登机了,于是他拿起外套和公文包,朝外走。生活嘛,阴天会有,彩虹也会有呀,忘掉伤心,留住美好,继续前行吧!只是在这等待的几个小时和之前那些美好的回忆比起来,实在是太无聊了!邦德脑海中浮现和梅(他英国公寓的女管家)度过的惬意生活的画面,不由自主发自内心地笑了。

时间过得真快啊,这都多久没见面了!她后来怎么样了呢?她也没给我写过信。邦德心里想。

邦德听到最近一条关于她的消息,是她跟一个菲律宾医生结婚了,还生了两个小孩。邦德漫步在机场大厅,心里五味杂陈。这个大厅,挂着的招牌标语倒是华丽堂皇,但也没几架飞机,很多跑道都是空的。航空公司的旗子和宣传册也满是灰尘,微风袭来,灰尘就跟着空气中的红树林气味扑面而来,一副萧条的景象!

飞机场的候机室里有个旅客信件寄存处,是专门为来往的旅客而设的。如果旅客临时有信件留给他人,可以放在那里,让收信人自己来取。

像往常一样,邦德想看看有没有自己的信件。虽然他从来没有收到过,看着眼前满是散乱的信件,他还是仔细地看一封封信件上的收件人。没有"邦德"的信,也没有"哈泽德·马克"(马克是他本次任务使用的假名,邦德现在的身份是英国情报局旗下的中南美进出口公司的一名员工,该公司原名为环球贸易公司)的信。一沓信里,不但没有马克的信,就连中南美公司的信件也没有,他索然无味地继续翻着信件。突然,他发现了一封信,上面写着斯卡拉的名字!他心里想着一定要拿出来看看。于是他用余光扫了周围一圈,趁没人注意,麻利地拿出那封信,用手帕包着,收入囊中。然后又装模作样地站了一会,随意翻翻找找,然后向男厕所慢慢走去。

那封信的信封上面写着:乘英国海外航空公司班机(利马—牙买加)的过境旅客斯卡拉先生收。

他进了一间卫生间,锁上门,坐在马桶上,掏出信件。这封信竟然没有封口,信封是英属西印度航空公司的格式。信封里就放了一张字迹工整的便条,上面写道:十二点十五分金斯顿来信已收到。明天中午在情人街三巷二号接收样本。

寥寥数语,甚至没有署名。邦德心里暗爽:"情人街三巷二号,这不正是刚刚报纸上面那个售房信息的地址吗?对,就是那里!星座运势说得果然没错,千载难逢的转机,要牢牢抓住!"邦德下定决心,这次不管怎么危险,都要将他逮捕归案。

The man with the golden gun

于是，他把便条又看了一遍，小心翼翼地放进信封里面。信封已经被湿手帕浸湿了一些，留下印记。不过没关系，现在天气这么酷热，用不了几分钟就会干。邦德把信放进口袋后，出了厕所，在信架旁边闲逛。趁没人注意的时候，他又悄悄地把信放回了原位。接着走到墨西哥国际航空的柜台，退掉飞哈瓦那的机票。他又走到英国海外航空公司受理柜台前，拿起台上的航空时刻表看了看。果然，从利马到伦敦的一班航机，途经金斯顿、纽约，明日中午一点十五分到达伦敦。

邦德觉得需要其他人帮忙，他想到了此地的情报站站长罗斯，他应该能帮上忙！于是，他去电话亭拨打高级专员办公室的电话，想要和指挥官罗斯通话。电话接通后，那头传来一个女声："我是指挥官罗斯的助手，请问有何贵干？"

这轻快的声音听起来真熟悉啊。"我是罗斯在伦敦的朋友，我可以跟他通话吗？"邦德说。

女声变得有些紧张兮兮。"不好意思，我们指挥官罗斯现在不在牙买加。我能代劳吗？"女孩停顿了一下，"您刚刚说，您叫什么？"

"我刚才没有说名字？我叫……"

"别告诉我，你是邦德！"这个女孩子突然兴奋了起来。

邦德大笑："对啊，我就是邦德啊！古德奈特，是你啊！我的天啊，怎么会是你啊？你怎么会在这里？"

"这可能就是命运吧！我命中注定要为你工作。听说你回来了，我以为你生病了，不会再继续工作了。谁知道又相逢了呢！缘分这东西，真不可思议啊！你在哪打电话的呢？"玛丽·古德奈特激动地问。

"我在金斯顿国际机场。好吧，亲爱的，我们晚些时候再叙旧，现在需要你帮我做些事，你记下来好吗？"邦德温柔地说。

"当然可以，等我拿根笔。好了，说吧！"

"第一，我需要一部车，只要能跑得远就行。第二，我想知道西印度糖业公司负责人的名字，就是弗罗姆（英国的一个地方）的首富。第三，我需要一张本地地图和一些牙买加货币，大概一百英镑左右。另外，今天的《牙买加日报》上面，有一则拍卖情人街三巷二号的售房信息，是亚历山大公司发的。你去看看，然后打个电话过去，就假装你想买房，套点信息给我。记下来了吗？"邦德亲切地问。

"都记下来了。"

"嗯，我这几天会住在海湾酒店。我想邀请你共进晚餐，叙叙旧，你觉得怎么样呢？"

"当然好啊。想跟你说的话可多了。嗯……你希望我穿什么衣服呢？"玛丽娇嗔地问。

"凹凸有致，该紧的地方就紧，可别太多纽扣了。"邦德谄媚地笑了。

玛丽开心笑了起来:"好的,我知道了呢!一切照办!晚上七点见,拜拜!"

电话亭热得如同蒸笼,邦德打完电话,就赶紧冲出来贪婪地呼吸新鲜空气,还用手帕擦汗。真是没想到会在这儿碰到玛丽!

玛丽·古德奈特是他以前在00组的女秘书,他们两个之间有些说不清道不明的情愫,不是情人却胜似情人!总部的人说她被调到国外工作以后,他就没再去仔细打听她的具体消息。可能他消失以后,玛丽为避免睹物思人,所以换了个新环境吧。不管怎么说,还能再重逢,还真是缘分未尽!现在有个人能帮自己,还是个熟人,也算是省了许多事!星座运势说得太准了!

邦德一边想着这些事,一边从机场拿回公文包,到外面叫了辆出租车直奔海湾酒店。车窗都开着,清新的空气迎面拂来,衣服被风干,想到要与旧人相见,想到斯卡拉的事情终有眉目,邦德觉得十分舒坦,心情也变得和阳光一样灿烂。

不知不觉就到了海湾酒店。这家酒店虽小,但十分有格调。酒店坐落于皇家海湾附近的一个悬崖断壁上,视野开阔,风景优美。

酒店老板是一个英国人,很热情。他说自己曾是一名情报员,还猜邦德也是。邦德只是笑笑不说话。老板给了他一间风景极好的房间,舒适干净,视野广阔,放眼望去能看到整个金斯顿海湾。

"这次来牙买加的任务是什么呢？追踪古巴人还是走私犯？他们这段时间可猖狂咧！"酒店老板问。

"我只是路过这里。"邦德躲避正面回答，"有龙虾吗？"

"当然有啦！你要多少？"

"晚餐的时候帮我挑两个上等龙虾。龙虾先涂上融化了的黄油再去烤，再准备一罐鹅肝酱。麻烦您了！"邦德风趣地说。

"没问题，一切照办！这餐可价值不菲，肯定是有开心事吧！"酒店老板一脸八卦地凑过来，见邦德没有搭理他，便说，"要不要再来瓶冰香槟庆祝？"

"好想法！可以！好了，先这样吧。我要去洗澡睡会觉了。"邦德指了指自己浸湿的手帕，无奈地摇摇头，"金斯顿机场真不是人待的地方，简直要把人烤熟了。"酒店老板笑着把门带上，离开了。

邦德一觉醒来，已经是下午六点钟了。当他睁开眼的时候，一脸蒙圈，不知道自己躺在哪里，也不知道自己为什么在这个陌生的房间。

负责为他治疗的莫洛尼爵士曾说，可能有时候他的记忆会出现模糊混乱的现象，但是休息一会就能记起来了。他在"公园"（上文提到过"公园"是个规模庞大的疗养院，位于华盛顿州的肯特。）接受治疗的时候，莫洛尼爵士使用的治疗方法是电惊厌疗法,这个治疗简直暴力。一个月治疗24次,每一次都是对脑袋的暴击。电疗治疗结束后,莫洛尼爵士曾想过,如果他是在美国用电疗给他人治疗,别人最多也只能承受18次吧!第一次接受电疗的时候,邦德看到那个设备就害怕得不得了。他害怕那两个套在太阳穴上的电极会把脑子给击坏。因为之前他就听说过,接受那种治疗全身上下首先得被死死地绑在手术台,没有动弹的余地。电击开始时,电流从身体穿过,全身会不停地抽搐发抖,还经常会发生强电流把人冲出手术台的情况。但那时技术还不先进,所以才会那么恐怖。现在的技术先进多了,不需要通过电极来传电流,只需要细细长长的长针,疼痛感会大大减轻。莫洛尼爵士也对邦德说过,没那么恐怖,基本上没什么痛感,跟平时躺着一样。经过电疗以后,邦德的记忆逐渐恢复了。随后爵士解释了大概原因,这一切都是苏联对邦德搞的鬼!当他知道自己对梅瑟威局长做出那些违背良心和道德的事情之后,他十分愤怒,也很惭愧,更加对克格勃有咬牙切齿地恨!接受治疗六周后,邦德获得了重生,记忆恢复了。他时时刻刻都想着要恢复工作,想要把苏联那群心怀不轨的人给一网打尽。为了恢复身体尽快回归工作,他在梅德斯通(英国的一个城市)每天坚持身体训练,以及大量的、射击训练。终于,这一天到来了。参谋长来探望他,还给他带来了新的任务安排。没想到终日的射击训练终有用武之地了!邦德看着梅瑟威局长亲笔写的任务通知和祝福语,内心十分激动。两天后,邦德就兴奋地收拾行李去伦敦机场,坐上飞机,横跨大西洋,争取一举成功!

刚醒来的邦德没有急着起床,而是躺在床上休息片刻,努力回想。想起自己原来是在牙买加的海湾酒店,而且有任务在身呀!于是他就麻利地爬起来,又冲了个凉,换上了轻便宽松的衣服,穿着拖鞋,慵懒地在酒店的酒吧踱步。他要了双份威士忌,一面浅酌,一面欣赏窗外海景。鹈鹕成群结队,时而飞冲直下,在海面捕食,景色宜人。邦德喝完威士忌后,又要了杯酒后水,用来醒醒酒。脑子里面还在想着一大串问题:情人街三巷二号到底是个什么地方?那个"样本"到底是什么东西?斯卡拉要这东西来做什么?怎么才能抓到斯卡拉?自从他接到这个任务以来,他绞尽脑汁地想着法子去抓斯卡拉。接到要除去这个作恶多端的家伙的任务时,邦德很兴奋,同时也很苦恼。一来,他从来不喜欢乘人之危,因为这样即使任务完成了,也毫无意义;二来,要是和斯卡拉进行一场平等对决的枪战,这无疑是自找死路。要知道,金枪人斯卡拉是举世无双的快枪手,无论是拔枪速度还是出弹速度都超乎常人的想象。思前想后,邦德也拿不定主意,只好边走边看,见机行事了。

而眼下,最重要的事情是得把自己的假身份给弄清楚,不然就出大乱子了。另外自己的真实身份证件也要妥当隐藏,所

The man with the golden gun

以他决定把那个外交护照交给玛丽·古德奈特代为保管。他千叮咛万嘱咐自己现在是中南美贸易有限公司的职员哈泽德·马克,千万可不能混淆。这个临时身份不是随随便便找的,这个公司经营的业务十分广泛,而且到处都有分部,分部的种类也应有尽有,所以这个身份对邦德来说十分方便,做什么都不会被怀疑。比如说,"马克"可以是西印度糖果公司的职员,可以是牙买加西部矿场的工作人员,尽管这个矿场差不多荒废了。另外,这个公司,在尼格瑞尔还有个旨在修建拥有世界上最壮观的海滨奇景的酒店的项目,该酒店名定为"鸣鸟酒店",目前正在选址当中。所以"马克"还可以是一个为了酒店选址而四处游走的富豪。这些正好为他的各种行为做完美掩护。

如果他的预感和那份报纸上面的星座运势预言是正确的话,那么明天他很有可能遇到斯卡拉,其实他心里也没底,更不知道到时候应该怎么办。

夕阳西下,落日犹如燎原烈火一般突然燃起,红得发亮,把天空烧得红通通,整片天空犹如一片火烧云。不一会儿,红日落入海面,天色渐暗,红日也变成黯淡无光的铜色,连着海水也变成铜色。

邦德回到房间后不久,就有人敲门。他猜一定是玛丽,所以赶紧去开了门。房门一开,香奈儿的香水味就迎面扑来,玛丽伸手就紧紧搂住邦德的脖子,双臂柔软嫩滑,她狠狠地亲吻着邦德的嘴角。邦德伸手抓住她那只手,玛丽就发出了一声娇嗔:"啊,邦德!抱歉……我没能忍住,情不自禁!见到你真是太开心了!"

邦德看着这个可人儿,用手轻轻托起她那柔软的下巴,深情地望着她那微微张开的润唇,情不自禁地吻了下去。接着,他说:"为什么那三年来,我们要一直按捺自己的感情呢?为什么不早点这么做!我们早就该释放自己心中的欲望!"之前,他们两个曾亲密无间,但是后来因为一些工作上的问题,让他们闹得有些不愉快,产生了些许隔阂。

玛丽想到那段伤心往事,就不由自主地往后退了一步。皎洁的月光照在她的脸上,让她看起来楚楚动人,金色丝发随意散落在白皙的脖子上,更显出她的美丽。她一点也没变,还是那么美丽,妆容依旧精致。一双蓝色的大眼睛在月光下闪烁着,饱含深情,爱意十分,脸上挂着温柔地微笑。唯一不同的就是衣服不同了,从前在总部一起工作时,都见她穿工作制服,呆板的衬衣和短裙;而现在,她戴着一串闪闪发亮的珍珠项链,身穿橘粉色连衣裙。这个橘粉色像是配有苦精的琴酒的颜色,颜色鲜艳却略显苦涩,就像是现在的她,光彩照人又饱含心酸。她的身材凹凸有致,丰腴的双峰,翘起的双臀,十分惹火。两人四眼相望,过去的隔阂在此刻早就冰释,哪还忍耐得住心中欲火?邦德被挑逗得欲火焚身,就快要喷薄而出。玛丽饶有情趣地说:"我今天穿的是热带情报局的标配制服,怎么样呢?扣子可都在后面呢。"

"嗯……没错,这是我们部门的制服。我猜,你这项链里面肯定藏了一颗毒药。"邦德故意挑逗,两人开始调情了。

"当然了。只是我不记得是哪颗了。如果有必要的话,我会吞下整串珍珠。"两人望着彼此,"但是,吞之前我能先喝杯鸡尾酒吗?"玛丽温柔似水地问邦德,邦德点点头,于是拿起了电话向服务员要了杯鸡尾酒。

不一会,服务员送酒来了。她端起鸡尾酒,小的一口。邦德记得她从不抽烟,很少喝酒。邦德顺便又要了双份威士忌,这是他今天喝的第三杯了。他点了一根烟,想到自己两次与斯卡拉擦肩而过,就狠狠地掐掉了烟头。只差那么几个小时,就能将他绳之以法,竟让他给跑了。今天和她见面,唤醒了邦德以前的记忆。所以这次,一定要像以前那样小心谨慎地行事,一定不能再有任何差池。

"玛丽,真对不起。我之前失忆过,现在脑子不如以前好使了。身体也不如从前那么灵活。今天能在这里遇见你,真是太高兴了!你今天穿这套衣服真漂亮!"邦德咂咂舌,接着说,"现在,请你告诉我,罗斯在哪?你来这里工作多久了?我请你帮我办的事情都弄好了吗?"

玛丽·古德奈特心里知道邦德最想听的是最后一个问题

的答案。所以她从手提包里取出一封厚厚的信封:"这是你要的牙买加钱币,基本上都是一元的,还有些五分的。这笔钱怎么记账?算我私人借给你的呢,还是算公账?"

"谢谢,算你借给我的。"

"费洛姆的首富,也就是西印度糖业公司的大老板,叫汤尼,人不错,家庭幸福美满,妻子端庄贤淑,孩子可爱听话。他和我们关系很好,来往密切,所以他会很好说话的。二战时,他在美国海军情报局工作,好像是突击队吧,所以他对情报工作也很有经验。而且他把这个糖业公司经营得很好,占据牙买加糖果输出量的四分之一。但是现在,弗洛拉飓风和暴雨延迟了这些蔗糖农作物的成熟期。而且,他现在遇到了很多麻烦事,比如说蔗糖农作物的茎秆太潮没法焚烧,还有古巴人恶意破坏轰炸蔗糖农作物。你知道在糖果产业方面,牙买加是古巴的劲敌吧。由于七级飓风和暴雨的影响,古巴今年的蔗糖农作物产量可能只有三百万吨。而且,暴雨破坏了农作物的蔗糖含量,这就导致了收割期和成熟期要延后很多,古巴这下可困难咯。"

玛丽露出了一个大大的微笑,坏笑:"这也不是什么机密,我从报纸上看到的。虽然没完全读懂,但是显然,一方面蔗糖农作物受损,另一方面世界各地的蔗糖消费需求不断上涨,这就导致了蔗糖量供不应求。所以现在就处于一个很尴尬的局面,买家早早付了钱,但是卖家迟迟不发货。美国政府想要压低蔗糖价格,以削弱古巴经济实力;而古巴执政人卡斯特罗因为跟苏联达成了一个以糖换粮的交易,所以一直奋力抬高全世界的糖价。由于古巴粮食短缺,而美国的粮食作物都卖给了苏联,所以他只想本国的糖制品销往世界各地,这样他才能在与苏联交易时占据有利地位,真是老谋深算又野心勃勃。所以卡斯特罗才会大费周章,尽最大努力去破坏其他对手国家的糖作物。这样一来,他就能以高价而少量的糖制品,换取更多的粮食,去种植更多的蔗糖农作物!"玛丽为自己的机智和逻辑分析能力感到十分满意,不禁又哈哈大笑了起来。

"不得不说,这简直太胡来了。为了破坏其他国家的糖作物而动用导弹去轰炸!这肯定花费了苏联不少钱。我觉得卡斯特罗支撑不了多久就会被轰下台。然后苏联又要为了让卡斯特罗稳住阵脚,大动干戈地耗费财力物力人力去安抚古巴人。不难想象,苏联也很快就会尥蹶子不干了,然后丢下卡斯特罗去收拾烂摊子,这就是重蹈覆辙,下场就会跟上一届古巴总统巴蒂斯塔一样狼狈出局。由于古巴人是激进派天主教徒,所以他们把弗洛拉飓风当作是上帝最后的审判。弗洛拉伤害力极大,持续时间也长,足足困扰了古巴五天五夜,古巴损失惨重,苦不堪言。那些古巴的教徒,以前从来没有遇见过这么强劲狂暴的飓风,一时间人心惶惶,惶恐世界末日来临。于是,古巴人把这场飓风当成是上帝对卡斯特罗政权的起诉书,国内动荡不安。"玛丽如滔滔江水般阐述自己的见解。

邦德对玛丽刮目相看,心生感激:"玛丽,你真是个天使!这些信息对我太有用了!谢谢你的良苦用心!"

玛丽直勾勾地看着邦德,被他这么一夸,竟害羞地连忙转移话题:"没什么啦。我在这里也工作了这么久,多多少少还是了解些内幕的。至于西印度糖业公司为什么要烧掉那些糖作物的茎秆,以及我们手上掌握的费洛姆的背景情况,我都一一跟你解释过了。"玛丽小酌了一口鸡尾酒,接着说,"糖业方面的事大概就是这样了,我再说说其他事情。你要的车,我开来了,停在外面。你记得施特威吗?那是他以前的车。后来被情报局收购了,现在是我在开,所以我把它开来给你用。虽然它有点旧了,但是开起来速度还是很快,不会让你失望的。而且它十分结实,耐撞,不会留下什么凹痕,所以你放心大胆地去开。油已经加满了,至于你要的地图,我放在汽车副座前的杂物箱子里了。"

"谢谢,做得漂亮!现在我想知道你的长官罗斯最近的情况,你跟我仔细说说。说完我们再去吃晚饭,好好地谈谈心,好吗?"

玛丽·古德奈特有些忧心忡忡地说:"说实话,我也不太清楚。他上个星期去特立尼达执行任务,至今未归。据说是去追踪一个叫斯卡拉的人,好像是当地的一个神枪手。这个人的底细我也不太清楚。但是总部既然出动罗斯去追踪他,肯定也是有理由的。"她无可奈何地笑了笑,"这件事的来龙去脉也没人告诉我,我就是安守本分做那些呆板的例常工作呗。好吧,按理说,罗斯指挥官在两天前就应该回来的,但是到现在也没见到他人。我本应该发出红色警报,但是上级让我再等一个星期看看。"玛丽耸了耸肩。

"这样……还有最后一个问题,那个情人街三巷二号到底是个什么地方?你有去过吗?"

玛丽的脸突然憋得通红,脸上泛起两块可爱的红晕:"我才没有去过那种地方呢!都是你干的好事!我查过亚历山大公司的信息,但它不是个商业机构,所以我只好去特别支处询问。我的天啊,真是尴尬呀!天知道他们在我走后讨论了什么!反正我以后都没脸去见那里的同事了!情人街三巷二号,那个地方是……是……就是……"她嘟了嘟嘴巴,嘟囔着说,"那就是个臭名昭著的淫秽场所!"

看着玛丽这副可爱的囧样,邦德大声笑了出来,故意戏弄她,贴在她的耳边坏坏地说:"你是说,那是个妓院吗?"

"天哪,邦德!看在上帝的份上,请你文明点好吗?"玛丽又羞红了脸,可爱极了。

接着两人便去享用浪漫晚餐,在月光下畅谈过去,爱意绵绵。

第五章　情人街三巷二号

位于牙买加北部的金斯顿，是个富饶美丽的地方，但是距离它一百二十英里之外的南部城市，萨方拉马，却截然相反，破旧落后，治安混乱。红灯区——情人街就在这里。

玛丽·古德奈特坚持要和邦德一起来，说是要"帮忙解决小问题"，但其实邦德清楚玛丽是要"看着"他不乱来。邦德并没有拒绝，就带着她一起来了萨方拉马。

情人街，位于牙买加的梅彭，这是拥有鳄鱼塘、黑河畔、白色旅馆的西班牙风情的小镇。中午他俩就在这里饱餐了一顿。午饭过后，已过晌午，毒辣辣的太阳烤得大地如同热炉。两人开着车，沿着笔直的马路直驱而入，穿过一排排坐落有致的小别墅。每幢小别墅前都铺有一块褐色草坪,房子周围长着九重葛、美人蕉、百合和巴豆树,构成了一幅悠闲自由的沿海小镇景象。

除了靠近海滩的那片区域,这里看起来一点都不像是牙买加,或者说一点也不吸引人。那些小别墅都是为费洛姆糖果公司的元老级员工准备的,款式壮观却呆板。那些横横竖竖的直径小道,看起来一点都不像是牙买加的风格。邦德把车停在第一间车库,加满油,然后让玛丽上了一辆出租车,让她回去工作。邦德没做解释,也没给她任何工作指示,只说自己要和那些古巴人处理点事情。玛丽看着他,什么也没问,她太了解这个男人了。邦德说他会尽快联系她,如果他能完成任务,就会回去找她。然后,两人就像例行公事那样道了别,玛丽扬尘而去,邦德则慢慢向那片海滩开去。他看到了情人街,一条狭窄曲折的街道从码头一直延伸到小镇里面,两旁都是门面破旧的商店和房屋。邦德开着车在这周围晃悠,一来是为了熟悉地形,二来是为了找个地方停车。他就在船都被搁浅着的靠近沙滩的一个地方,停下了车。锁上车门后,他就慢悠悠地走进情人街。

在情人街来往的人为数不多,大多数都是贫穷的渔民。邦德在一个很普通的小店,买了一包皇家红茶的烟,闻起来像是香料。他向老板询问情人街三巷二号怎么走。老板投来好奇的眼神,心里想着:看他这么绅士,不像是会去那种地方的人呀!接着老板十分礼貌地回答:"这条路一直往前走,右手边有个大房子,门口好像挂着珠帘吧。"邦德彬彬有礼地道谢后,走到阴凉地的那边街道,踱步前进。为了让自己看起来更像是一个悠闲的旅客,他用大拇指的指甲刮开了烟的包装袋,然后点上火,一边优哉游哉地抽起烟来,一边仔细观察着这条街道的每一个角落。三巷二号很容易就找到了,右手边只有一栋大房子,其他都是小小的屋子。他站在旁边仔细打量这座老房子,心事重重,叼在嘴里的烟迟迟没有点上。

这栋房子在过去肯定具有重要意义,可能是某位大商的私宅。整栋楼是木质的,屋顶镀银,共有两层,露天阳台绕楼一圈。四周屋檐下挂着的窗饰都破破烂烂的,上下两层楼的百叶窗都紧紧关着,外墙上面的油漆也几乎掉光了。顺着门口的路望去,院子里一群鸡在贪婪地争着啄食,但地上却空无一物。院子里还站着三个黑褐色的牙买加人,个个骨瘦如柴,眼神散漫地看着街道上站着的邦德,时而伸手抓苍蝇,放进嘴里吃。但是,在后院有一棵茂盛葱郁的愈疮树,盛开着蓝色的花,十分惊艳。邦德猜这棵树肯定和这栋房子一样老,大概有五十年的历史。凭借它强劲的枝干和色彩夺人的花朵,它绝对是独树一帜的珍宝。在树荫下,一个打扮整齐、模样不错的姑娘坐在石椅上面看杂志。她的打扮可以说是方圆几十里内,最干净整洁、最漂亮的一个。

邦德走到对面街道，调整视角，直到看不到这个女孩，然后停了下来，接着更加仔细地观察这个房子。

沿着木梯拾阶而上，直到二层敞开的大门，抬眼望上，门楣上挂着一块釉金属的深蓝色门牌号，上面用醒目的白色字体写着"三巷二号"。然而在这条街上，挂有门牌号的房子寥寥无几。有一间大门上还挂着一个牌子——"梦之境咖啡馆"，在烈阳下显得异常艳丽。门两侧是宽窗户，左手边的是百叶窗，帘子拉上就什么都看不见。右手边是玻璃窗户，上面脏兮兮的，只用了一张薄薄的纸片挡着。透过这扇窗子，里面的桌子、椅子、服务台都能看得见。这个窗户周围还贴满了各种小广告，有红带啤酒、皇室红茶、可口可乐等等。一楼的门上挂着手写的牌子，牌子上写着"快餐店"，下面还写了一行字：内有新鲜热鸡汤。

邦德走到楼房前，顺着阶梯层层而上，掀开垂在门口的珠帘，向服务台走了过去。他双目警惕地打量桌上的物品，一碟看上去很干的姜饼，一堆包好的香蕉干和一些糖果。这时，他听见门外传来一阵急促的脚步声。原来是花园里那个姑娘走了进来。门口的珠帘还在她身后叮叮当当地响着。邦德觉得这漂亮的姑娘是个有八分之一黑人血统的混血儿。一双棕色的大眼睛，看上去很无辜，眼角微微上翘，额头前的黑色刘海如同丝缎一样顺滑。（因此邦德觉得这姑娘肯定带有中国血统。）她穿着一件亮粉色的短连衣裙，和她那咖啡色带点奶色的皮肤相称极了。她的手关节和脚踝都非常细，看上去弱不禁风。她温柔又礼貌地笑着，眼神带些暧昧："晚上好呀。"

"晚上好。请给我来一杯红带啤酒。"

"好的。"说着话，她绕到柜台后面。弯腰打开冰箱的时候，邦德不经意看到她那圆润的胸部，十分诱人。姑娘麻利地取出一瓶啤酒后，快速地用膝盖关上了冰箱门，很熟练地开了瓶盖，然后把酒瓶放在柜台上一个看似干净的玻璃杯旁边："一个半先令。"

邦德把钱递了过去，她伸手接了过来，放入收银机里。邦德拉了一张凳子坐在柜台前面，喝起酒来。她随意把手放在柜台上，看着他，轻轻地问："你是路过这里吗？"

"差不多吧。我昨天在报纸上看到这房子的出售信息，所以想来看看。这房子看起来还不错，挺大的。是你的房子吗？"

她听完便笑了起来。这一笑倒让邦德觉得很可惜。她人倒是长得挺好看的，但是牙齿却不然。由于经常啃甘蔗，那两排牙齿变得又细又尖，真是美中不足。"这房子要是我的就好了！我只能算是这里的经理吧。我们开的是咖啡店，"她特意变了个腔调，"也许你也听说了，我们还做其他的生意。"

邦德一脸迷惑："什么生意？"

"女人生意呀。楼上有六间房,都很干净。每次只收一英镑。莎拉现在就在上面。想上去看看她吗?"

"谢谢,今天就免了吧。天太热了。你这儿就只有一位姑娘吗?"

"还有琳达,不过她现在有客人。她身材高大,你要是喜欢这种姑娘的话,等半小时后她就有空了。"她朝身后挂在墙上的挂钟看了一眼,"大概六点钟吧。那时也会凉快点。"

"我比较喜欢你这类姑娘。姑娘芳名是什么呢?"

她咯咯地笑了起来:"我只跟我爱的人亲热。我说了我只是这里的经理,你可以叫我蒂芬。"

"这个名字很少听到。有什么来历吗?"

"我妈妈生了六个女儿,都是用花名来做名字。紫罗兰啦,玫瑰啦,樱花啦,三色堇啦,还有百合花。我是第六个,她实在想不到别的花名了,所以她叫我'假花'。"一般人听到这里都会捧腹大笑,所以蒂芬停顿了一会,等着邦德哈哈大笑,但是邦德并没有,所以她就接着说,"我上学的时候,同学都说我的名字根本不是名字,他们取笑我。还给我取了外号,就是蒂芬,所以我就一直这么喊自己了。"

"我倒觉得你这个名字很好听。我叫马克。"

她开玩笑地说:"马克可是《圣经》里面的圣人呢!你也是圣人吗?"

"还没有人这么夸过我呢。我是来为佛洛姆办点事的。我很喜欢这个岛,所以很想租个房子住下来。但是我想找个靠海近一点的地方,比这里更靠近海边。我还得再仔细找找看看。你这里房间出租吗?"

她思考了几秒,说:"可以,当然可以。但是你可能会觉得有点吵。这里偶尔会有喝醉酒的客人大吵大闹,而且这里住房设施也不完善。"她俯身向前,压低声音说,"我劝你最好不要租这里。你看那屋顶的瓦都烂了好多。你要想住的话,还得去修房顶,至少都得花个几千块。"

"谢谢你告诉我这些。但是为什么这里要卖掉呢?没跟当地警察打好关系?"

"也不是。我们这里是正规场所,警察没理由查封我们。你看了今天的报纸吗?"

"看过。"

"报纸上面写着布朗先生——布朗先生也就是我老板——以及他的妻子,布朗夫人——阿加莎,她本来是英国国教的教徒,最近皈依了天主教。他们觉得开妓院这种事,是上帝不可饶恕的罪恶。他们自己绝对不能再干下去了,所以就想卖给别人。喏,你看,他们那个教堂就在这条大街上,好像是屋顶最新的那栋房子。布朗夫人想来个一石二鸟,她不断要求布朗先生关掉这里,卖掉房子,然后她就可以拿钱去修天主教教堂的屋顶了,以示虔诚。"蒂芬说。

"这种做法真让人觉得蒙羞。我觉得这里看起来挺不错的。那你呢?如果这里卖掉了,你打算去做什么呢?"邦德问。

"我估计会搬去金斯顿和我一个姐姐一起住吧,可能再去大商店里找些事做。萨瓦拉马这个地方太安静了。"她的褐色眼睛透露着一丝深沉,似乎在自我反省,"但是我肯定会很怀念这里的。这里的人都很有趣,而且情人街的街景很美。街坊都是朋友,相处融洽,就是一种……一种……"

"惬意的氛围。"

"对!大家都很亲密要好,有点像以前的牙买加生活那样,每个人都是朋友,有问题时互相帮助。你可能不知道,如果常客还不错,只是有些不举的话,我的这些姑娘经常是免费服务的。"蒂芬好奇地盯着邦德,想看看邦德是不是听懂她的话。

"姑娘是心地好。但是这可赚不到钱,生意归生意。"

她大笑:"马克先生,这才不是生意呢。反正在我经营的这段时间,这不叫作生意。这是一种社会公共便民服务,就像水啊、电啊、医疗啊、教育啊……"她突然停了下来,转过头看时钟,下午五点四十五分,"要死!你害我讲个没停,都忘记乔和梅了。它们该吃晚饭了。"她指着那一碟姜饼,便走到窗前,拉起窗帘。栖息在园中愈疮树的两只大黑鸟就突然飞了进来,个子比乌鸦小一些。在屋内飞了一圈,还叽叽喳喳唱歌,声音听起来像是金属碰撞发出的叮叮当当的声音,很特别,和世上其他鸟的歌声都不一样。它们随意停在柜台上,就在邦德手旁边,伸手就能抓到。两只鸟还大摇大摆地在邦德手旁走来走去,金色的眼珠毫无畏惧地打量着邦德,还尖叫了几声,抖了抖羽毛,样子有些凶悍。

蒂芬回到吧台,从她的钱包里掏出两个硬币,放进收银机里,从那个脏兮兮的展示柜台拿来两块姜饼,当是买下了。她把饼掰成一小块一小块的拿在手里喂它们。那只较小的雌鸟总是第一个开抢,两只鸟贪婪地从她手指中抢过碎片,它们的爪子抓着碎片飞到木质柜台上,用爪子把饼再撕碎一些吞下。吃完以后,它们就会飞回来啄蒂芬的手指,吵着还要,把柜台弄得脏兮兮。蒂芬用抹布擦干净柜台,说:"我们喊这种鸟叫金斯,但是有知识的人说它们是牙买加白头翁。这鸟很友好。蜂鸟、彩色尾巴的雀鸟虽都是牙买加的国鸟,但是我最喜欢这两个。"蒂芬看着这两只大黑鸟,"它们虽然不是很好看,但是它们是最友好的鸟,而且他们很有趣,看起来像淘气的小黑贼。好像它们天生就知道怎么取悦他人似的。"

这两只鸟,盯着玻璃柜台内的饼,发出抱怨的尖叫声,吵着还要吃。邦德掏出两便士递了过去:"真可爱,像玩偶。让它们再多吃两口吧。"

蒂芬把钱收进收银机,又取出了两块姜饼。"乔.梅,你们两个听着。这位先生对蒂芬很好,现在对你们又不错。所以,就别再啄我手指了,也不要吃得到处都是,不然他以后可就不来看我们了。"饼喂到一半,她听到天花板传来嘎吱嘎吱的脚步声,慢慢近了,踏踏地从楼梯慢慢下来了。蒂芬的脸色忽然变得阴沉,面容紧张。她低声对邦德说:"那个人就是琳达的客人,是个大人物,是我们重要的常客。但是他不喜欢我,因为我不买他的账。所以他对我怀恨在心,有时说的话很不中听。他也讨厌这两只鸟,他觉得它们太吵了。"说着,她尝试把这两只鸟赶出窗外,但是它们的饼还只吃了一半,它们扑腾飞到半空,又飞回来啃饼干。蒂芬诚恳地对邦德说:"帮我个忙,友善一点,无论他说什么,你都别在意。他就喜欢挑衅。也别……"眼看那个男人走近了,她急忙转开话题说,"先生,您还需要一瓶红带啤酒吗?"

餐厅后面的珠帘发出沙沙沙的声音,帘子被掀开,一个男人走了进来。

邦德本来是右手托腮而坐的,听到声音后,他把手放在柜台上,身子靠在后面。在他腰间的皮带上面挂着一把华尔达PPK手枪,紧贴着他平坦的腹部,刚好被外衣遮住了。他右手的手指微微弯曲,以便随时能够快速撩开衣服拔枪射击。他一边把左脚稳稳扎扎地踩在地上,一边说:"那就再来一瓶吧!"然后用左手解开外衣的扣子拿出手帕擦脸上的汗液。"六点左右的样子,是最热的了,热得都能闻到死神的味道了!"邦德说。

"朋友,死神在这里。你闻到了它的气味吗?"

邦德慢慢地转过头。整个屋子已经被暮色笼罩,暗沉无光,所以他只能模糊看到一个高高瘦瘦的人影,手里还拎着一个手提箱。那个男人把箱子放在地上,向柜台走了过来。可能是因为他穿的是胶底鞋的缘故,没什么脚步声。蒂芬紧张不安地转身,按了下开关,灯亮了。四面墙上的十几只灯泡都亮了起来,灯泡功率小,所以也不太亮,整个房间阴阴暗暗的。

邦德慢悠悠地说:"你吓我一跳!"

这厮正是金枪人斯卡拉。

斯卡拉走上前来,依靠着柜台。邦德看了他个大概。看来情报局资料记录上对斯卡拉的相貌描述与他本人基本符合,只是资料上没有提到这人气势跋扈,看起来如同蓄势待发的饿狼。他身材十分健美,宽肩细腰,就是标准的倒三角形。眼神十分犀利,表情冷漠,从里到外透露着一股桀骜不驯。他不屑一顾地冷眼一望。只见他身穿一套棕色单排扣西服,十分合身,剪裁精巧;脚蹬一双棕白相间的鞋子,没有打领带,只系了一条白丝巾。丝巾上面扣着一个手枪形状的别针。他这身打扮,如果放在别人身上看起来肯定怪怪的,但是他身材高大,体型矫健,所以看上去也无伤大雅,反而感觉挺和谐。

斯卡拉说:"我有时候会教别人跳跳舞,跳完就把他们的腿打断。"他一口纯正的美式英语,没有口音。

邦德说:"这听起来真让人害怕。你为什么要这么做呢?"

"上一次这么做,是为了5000镑。嗯,看你的样子,你好像还不知道我是谁吧,这个酷酷的娘们没告诉你吗?"斯卡拉眼神转向蒂芬。

邦德也瞥了一眼蒂芬。她呆呆地立正站着,两手放在两侧,面色发白。看得出她十分紧张。

邦德说:"她应该告诉我吗?我又何必非知道不可?"

一道金光闪过,斯卡拉手里握着一把金光灿灿的手枪,黑色枪口就正对着邦德的肚脐眼。"就凭这个。外地佬,你来这里干什么?现在我就感觉像抓住了一个江洋大盗。你看起来不像是来这里寻欢作乐啊,该不会是警察还是便衣警察之类的吧?"

"我投降!"邦德故意开玩笑似的举手投降,放下双手,转向蒂芬,说,"这人是谁?是牙买加的地头蛇,还是马戏团来的小丑?问问他喝点什么,我请客。不管他是谁,这个表演真是不错!"邦德知道自己这话刺到斯卡拉的痛处,肯定激怒了他,搞不好的话,他很有可能就会开枪。邦德脑子里面有个画面一闪而过:邦德中枪倒地,无力拔枪反击,任人鱼肉。这时,蒂芬那美丽的脸蛋已经黯然失色了,脸上肌肉紧绷,青筋暴露。她沉着脸看着邦德,嘴巴动了动,想说点什么,却什么声音都没有发出来。她似乎开始喜欢上邦德了,她也知道邦德这样可能会招来杀身之祸。那两只鸟,乔和梅似乎闻到了空气中的硝烟,于是尖叫了几声,往窗户外面飞,像午夜要逃脱的黑衣贼那般急促。

突然,砰砰两声枪响,只见这两只黑鸟在黑夜中被碎尸万段。屋内,泛黄的灯光下,四处飞舞着羽毛和鲜粉红色的鸟肉,渐渐飘向大街,像是被扔出去的手榴弹,十分诡异。

接下来是死一般地寂静,空气都凝结了。邦德坐在原地,一动不动,等待着这紧张的气氛能够慢慢缓解。然而,气氛依旧僵硬。这时,蒂芬一边破口大骂,一边大喊大叫,抓起邦德放在柜台上的那个红带啤酒瓶,胡乱地一扔。瓶子被扔出去了,只听见哗啦一声,碎了。然后,蒂芬双腿一软,跪在柜台后,歇斯底里地大哭起来。

邦德一口气喝掉了杯中的酒,然后慢慢站起来。他朝斯卡拉那边走过去,正要经过斯卡拉的时候,斯卡拉懒洋洋地伸出左手,拉住邦德的上臂,右手把枪口拿到鼻子下面嗅了嗅,样子十分陶醉,眼中射出一道深不可测的寒光,让人不寒而栗。斯卡拉说:"老兄,想知道死神的味道吗?闻起来别有一番风味呢!试试?"他把那金光闪闪的枪,转向指着邦德的脸。

邦德面色不改地说:"放规矩点,把你的手给我拿开。"

斯卡拉对这种反应感到十分诧异,诧异地扬起了眉毛,要知道，平时里可没有人敢这么光明正大地对他这样说话。他之前都没把邦德放在眼里，现在开始觉得邦德有点意思了。

斯卡拉松开了手。

邦德绕到柜台后面，恰好与斯卡拉四眼相对，他发觉斯卡拉正十分好奇地看着他，眼神中满是疑惑和不屑。邦德停下来，对着蒂芬，这姑娘正哭得伤心，哭声十分刺耳悲惨，像是大街上喇叭里面放的苦情剧。

邦德又回头看着斯卡拉说："谢谢你的好意了。1945年，我在柏林的时候就闻过死神的味道，还差点丧命。"他笑了笑，带着一丝嘲讽，"不过那时候你还小，应该还不懂那是什么滋味哟！"

第六章　冰火两重天

邦德在蒂芬旁边蹲了下来,啪啪啪就是几个响亮的耳光先落在蒂芬右脸,然后又扇了她左脸几个耳刮子。蒂芬哭得眼神都迷离了,这才恢复神志,双手捧着脸,一脸无辜地看着邦德。邦德站起来,拿起一块布,到水龙头处打湿,然后用布轻轻地为她拭去脸上的泪水。接着把她扶了起来,从柜台后面的存货架上拿出她的手提包,递给她,说:"来,蒂芬,补下妆,把自己弄漂亮一点。生意马上就要来了。女老板弄漂亮点才能招揽更多顾客呀!"

蒂芬接过包包,一边打开,一边抬头看邦德身后的斯卡拉。自开枪以来,这是蒂芬第一次敢正眼看他。她诱人的嘴

The man with the golden gun

巴噘得老高,咬牙切齿地轻声对邦德说:"我一定好好收拾他!我认识一个巫术极高的老婆婆叫埃德娜,她住在橘子山。我明天就去找她,让她帮我狠狠地治一治斯卡拉!到时候,他都不知道自己怎么死的!"说着,她抽出一面小镜子,开始涂涂抹抹。邦德伸手从口袋里拿出五张一英镑的钞票,塞进她的包里。"别难过了,把这事忘掉吧。这些钱够你买一只金丝雀和一个鸟笼了,你又有伴了。如果你还想要金斯鸟,只要在外面放一些食物,它们就会飞来的。"邦德轻轻地拍拍她的肩膀,然后走开了。他走到斯卡拉面前,停了下来,说:"这种吓唬人的把戏,在马戏团耍耍还可以,"邦德又开始装腔作势、怪声怪气地说话,"在女人面前耍弄,就未免太粗鲁了。给她点钱,算安慰她吧。"

斯卡拉斜着眼睛看邦德,歪着嘴巴说:"滚开!"接着又满脸狐疑地说,"还有,你为什么老跟我提马戏团?"他转过来看着邦德,"老兄,站着别动。我有几个问题要问你。我之前问的那个问题,你还没回答。你是不是警察?你看起来就像是警察!如果你不是,那你来这里干什么?"

邦德回答道:"不用你来告诉我该怎么做事,也别在我面前狐假虎威,从来都是我说了算。"邦德走到屋子中间,在桌子旁坐了下来,接着说,"来,坐这里。我劝你别对我这副态度,我这人吃软不吃硬。"

斯卡拉耸耸肩,大步跨过去,拉开一个铁椅,给椅子转了个身,跨在上面。椅背恰好挡住了他的上半身,他左手搭在椅子上,右手则放在大腿上。金枪就插在右边裤袋,手和枪的距离只有几英寸,掏枪十分方便。邦德一看就知道这是一流枪手的作风,用铁制椅背做掩护,恰好挡住了要害部位。这人果然不简单,智勇双全,是个职业杀手!

邦德把双手放在桌上,心平气和地说:"放心。我不是警察。我叫马克·哈泽德,在一家世界贸易公司工作。我最近在为佛洛姆的糖厂办一件事,威斯哥糖厂,你听过吗?"

"当然知道咯。你在那里干什么?"

"朋友,别心急打探我的底细。首先,告诉我你是谁,干什么的?"

"我叫斯卡拉,弗朗西斯科·斯卡拉。拿钱办事的。听说过我吧?"

邦德皱皱眉:"好像没听说过。怎么,我应该听过吗?"

"很多没有听过我名字的人都死了。"

"很多没有听过我的名字的人也都死了。"邦德往后靠着,抬起左腿架在右腿大腿上,手抓着左腿脚踝,活像个登徒子,"我真希望你说话不要那么狂妄自大。你可知道,中国大陆有七亿人,他们可能都没有听过你名字,你杀得完吗?你可不要做井底之蛙,自以为是。"

斯卡拉没有因此而被激怒,他云淡风轻地说:"哦?你的意思是加勒比海区就像一口井那么小咯?那也足够一个人翻风覆雨了吧?金枪人,那里的人都这么喊我。"

"你这金枪用来解决劳工纠纷倒是很管用。我们佛洛姆那边应该用得着你。"邦德话里透露着挑衅。

"你们那里遇到麻烦了?"斯卡拉随口一问,看得出他对此一点都不感兴趣。

"蔗田里经常有人放火。"

"你就是管这个的?"

"算是吧。我们公司也做保险赔偿的事故调查。"

"喔!保险公司的调查员。你这种人我接触过很多。所以我之前才觉得你像警察,都是搞调查的!"斯卡拉觉得自己猜对了,扬扬得意,"你查到了什么?"

"就抓了几个放火的人,拉斯特法里教徒。我倒是想把他们全干掉。但是他们跑去向教会哭鼻子求助,我惹不起教会啊,就把他们全放了。于是甘蔗田又开始失火了。所以我才说你应该来我们这里,帮我们治治这群浑蛋。"邦德温柔地说,"我想你也是干这行的吧?"

斯卡拉没有正面回答这个问题,只躲躲闪闪地说:"你带枪了吗?"

"肯定咯。没枪怎么对付这群浑蛋?"

"哪种枪？"

"华尔达PPK，0.65口径的。"

"果然是好枪！肯定能镇得住！"斯卡拉掉头，对着柜台说，"嘿，小妞，如果你还想做生意的话，来两瓶红带啤酒。"他转过头来看着邦德，眼神尖锐，"你下一步打算干什么呢？"

"还不知道。我得问问伦敦总部，看看这一带还有没有其他的事情需要我处理。但我也不急着找事，因为我给他们干活是按件计酬的，所以我比较自由。你为什么这么问呢？有什么好的建议吗？"

斯卡拉坐着，没有作声，看着蒂芬从柜台后面出来。她走到桌前，把酒和杯子放在邦德面前，瞟都没瞟斯卡拉一眼。斯卡拉突然哈哈大笑了起来，伸手从外衣口袋拿出一只鳄鱼皮的钱包，抽出一张百元大钞，丢在桌子上。"小妞，别生气啦。我本是很喜欢你的，你长得这么漂亮，可是你就是不乐意对我敞开大门。好啦！拿着钱再买几只鸟吧。我可喜欢我身边的人乐呵呵的！"

蒂芬拿起钞票，说："先生，多谢您打赏。如果您知道我打算怎么花这些钱的话，您肯定会大吃一惊的！"说完，她狠狠地瞪了他一会，转身走了。

斯卡拉摊开双手，耸了耸肩，伸手拿了一瓶酒和一个杯子。这两个人就开始对喝起了酒。斯卡拉拿出了一个精致的香烟盒,看起来价值不菲,挑了一根细烟,用火柴点着。他把烟从嘴巴喷出,又用鼻子吸进去,这样反反复复几次,烟雾缭绕。透过烟雾,他凝视着邦德,脑子里面好像在打什么主意。最后,他说:"想不想赚1000美元?"

邦德回答:"看情况。"他停顿了几秒,又说,"听起来不错。"他又停了几秒,接着说,"我的意思是,当然想了!前提是,我得跟着你!"

斯卡拉默默地抽着烟。外面开来了一辆车,停在屋子门口,接着两个男人有说有笑地上来了。当他们打开珠帘看到屋内坐着斯卡拉的时候,立马就停止了说笑,快速走到柜台后面,悄悄和蒂芬小声说话,分别放了一张一英镑的纸币在桌上,就赶忙大步走开柜台,往里屋进去了。门帘一合上,就听到他俩上楼梯的脚步声,欢声笑语也再次响起。

斯卡拉的目光一直停留在邦德身上。终于,他轻声说:"我遇到了一点问题。我有几个合伙人斥巨资在尼格瑞尔这块做了点地产投资。那块地就在血湾,你知道这地方吗?"

"我在地图上看到过,离祁岛港不远,对吧?"

"对。我找了些人投资当股东,打算建一个雷鸟酒店。第一层都已经造好了,里面的大厅、卧室和餐厅也快完工了。但是,现在旅游业不景气。因为现在古巴不是卡斯特罗执政了嘛,美国人觉得现在古巴政局动荡,很危险,所以都不来了。美国人不来,旅游业就发展不起来,于是古巴银行货币紧缩,还拒绝贷款,下面的事情你可想而知了!"

"所以,酒店施工就停了?"

"是的。我几天前到了这里,因为我通知了六位股东去酒店工地开会。让他们看看环境,把他们聚集在一起主要为了商讨下一步计划。现在呢,我想让他们在这里玩得开心一点,痛快一点。我特地从金斯顿请来了一支很有名的乐队,主唱是唱海中女神(荷马《奥德赛》中人物)的那个歌手,还有很多很漂亮的舞女。酒店里面还有游泳池,旁边还有一条小铁路,本来是打算用来运输甘蔗的,直通祁岛港。恰好我有一艘40米的游艇就停在祁岛港,可以让他们玩一玩深海钓鱼。所以就是说,其实这次就是让他们出来痛痛快快地寻乐子,快活点。明白我的意思吗?"

"所以就是为了让他们继续追加资金,是吗?"

斯卡拉恼怒地皱起眉:"我给你1000美元,不是让你胡乱猜测,更不是让你妄下结论!"

"那你要我干什么?"

斯卡拉又默默地抽了会烟,直到愤怒渐渐平息,紧锁的眉头终于舒展开了。他说:"这些人都是大老粗,整日里不学无术,就知道寻欢作乐。我和他们做做生意还可以,但是做不成朋友。懂吗?我是打算开几个私人会议,一次通知其中两三个来开会，就想看看他们对其他项目有没有兴趣。那我跟他们谈的时候，剩下的人就可能会偷听或者是硬闯进来，会妨碍到我谈生意。所以这个时候就需要你，帮我检查房里的窃听器，并且看着门不让其他人进来，保证我的会议是绝对隐秘的。你明白了吗？"

邦德笑了起来："你是想聘我做你的私人保镖，是吗？"

斯卡拉的眉头又皱了起来："你笑什么？有什么好笑的？这么好挣的钱，你还不要？也就三四天，而且你还可以住在那么豪华的酒店，之后就可以轻轻松松拿到1000美元。天上掉馅饼，世上到哪儿能找到这么轻松的差事？"斯卡拉在桌底部掐灭了烟头，一团火星掉在了地上。

邦德抓了抓后脑勺，看起来像是在考虑，实际上他都想得有点抓狂了。他知道斯卡拉没把话说完，这件事不会这么简单。斯卡拉聘一个完全陌生的人当自己的贴身保镖，这很不合常理，况且斯卡拉是这么谨慎的人，这样一来就让人更加觉得奇怪。唯一能解释得通的就是：斯卡拉不想用本地人，要找个身手和胆识不错的人，但又怕碰上警方的耳目。而且，从另一方面来想，这也是邦德打入斯卡拉内部的一个好机会，他之前从来都没有这么近接触过斯卡拉。也许这是一个陷阱，但是，往好的方面想想，这怎么也是一个千载难逢的机会，就算是陷阱也必须要搏一把，闭着眼睛跳进去。

邦德点上一根烟抽了起来,说:"我笑,只是没有想到像你身手这么好的人也要保镖。这听起来确实挺搞笑的。当然,我对这个建议很感兴趣。我们什么时候开始?我的车子就停在路口。"

斯卡拉看了看手表,那是一个超薄的金表:"现在是六点三十二分,我的车应该快到了。"说着他就站了起来,"走吧!对了,朋友,我得提醒你一下,我这个人情绪不稳定,很容易动怒,懂了吗?"

邦德应和:"我从那两只可怜又无辜的鸟的下场就看出来了。"他也跟着斯卡拉起身,"不过,我不会让你有理由生气。"

斯卡拉冷冷地说:"那最好了。"说着就走到后面去拿箱子,那箱子虽好看,但是看起来很廉价。他们走向门口,推开了珠帘,下楼去。

邦德迅速走到柜台:"蒂芬,再见。但愿我有机会和你再见。如果有人找我,就说我在血湾的雷鸟酒店。"

蒂芬伸出一只手,胆怯地扯了扯他的衣袖,说:"马克先生,去那里要小心点!那个地方不是这么好去的,全是黑社会,不好惹!千万要小心!"她扭头冲着门口一望,"他是世界上最坏的浑蛋!"

然后,她又靠着柜台,伸头对邦德轻声说:"那箱子里面全是毒品,至少价值1000英镑。今天早上一个人拿过来的,我当时闻了下,所以我才知道!"说完,她迅速把头缩了回去。

"谢谢你,蒂芬。去找那个巫婆吧,把他咒死!等以后有机会,我会告诉你为什么我也希望他死!我希望还有再见的那天!拜拜!"邦德大步流星地走出去,下楼走到街上。门口停着一辆红色的蓝鸟敞篷车,只听引擎的声音就知道这辆车很昂贵。司机是个牙买加人,穿戴很整齐,还戴着尖顶帽。汽车前面的天线上挂着一面小红旗,上面写着四个金字——"雷鸟酒店"。斯卡拉坐在副驾驶的位子,看到邦德出来了,满脸不耐烦地说:"坐后面,我们送你到你车子那里。然后你开车跟我们走,路很好走。"

邦德上了车,坐在斯卡拉后面,心里想着要不要现在就开枪干掉他。从后面一枪爆头——之前克格勃的"盖世太保"(德国纳粹秘密警察)就是这么干的。但是他没有动手,原因有很多。一来,他对斯卡拉十分好奇,想弄清楚斯卡拉和黑社会到底暗地里计划着什么阴谋;二来,可能会伤及无辜,因为这样一来他还得杀司机灭口;三是,他实在不喜欢做这种投机取巧的事,偷袭实在不是他的办事风格,况且之前跟斯卡拉聊天感觉倒也不错。再加上车里放的那首歌,正是他最喜欢的歌——《在你走之后》,像是在愈疮树上休息的知了的叫声那样让人惬意舒坦,所以他现在还不是很想破坏好心情。但是,现在车子已经驶离了情人街了,向海边驰骋。邦德知道他这样的做法等于违背了局长的命令。因为局长曾经下令,只要一有机会就杀死斯卡拉。而现在胜券在握,机会就在眼前,邦德却放弃了,局长肯定会觉得他愚蠢透顶,脑子锈掉了!

The man with the golden gun

第七章　深入虎穴——雷鸟酒店

车子在甘蔗田里驰骋了好长一段时间，终于离雷鸟酒店越来越近了。邦德从来没有去过雷鸟酒店，他对那里一无所知。虽然他之前多多少少看了牙买加的地图，对这里有个大概的印象。但是要让他说出具体位置和车子行驶路线实在困难。更何况，他们到的时候，已经是深夜了，这下邦德更加没法准确记忆周围地形了。邦德抬眼一看，一座陌生房子，不，准确来说，是一个陌生的酒店！看这酒店的构造装饰，十分豪华气派，就连邦德这个最为警惕的人，都为之动容，心里开始慢慢欣赏斯卡拉这个大恶人的审美。

之前玛丽给他的那个地图，他大概看了一下，所以他对自己周边环境有些许印象。一路上，跟着斯卡拉那辆红色车行驶的时候，他知道这个地方靠海，一直往左走就能看到海。因为车子进入院子里的时候，海浪拍打沙滩的声音仿佛就在耳边。另外，邦德注意到院子大门是钢铁铸造而成的，院子道路两边种着棕榈树。雷鸟酒店四周都是高墙，邦德猜甘蔗田就在这高墙之外。透过月光，不经意之间，他隐隐约约看到右边有座高山，而且还能时不时闻到从山上飘下来的红树林的淡淡木香。但是，他对于目前这个地理位置，和这个地方的情况还是毫无头绪，感到十分不安心。

作为一个秘密特工，首要事件就是弄清周围地理环境、来程路线和撤退路线以及保持与外界联络。现在，他根本弄不清楚之前那一个小时车程内走过了哪些地方，而他能联络到的且距离最近的人，却是三十英里开外的一名妓院的红尘女子。这种感觉真是让人寝食难安啊！

邦德开始努力回忆刚才行驶过的路以及发生的点点滴滴。

之前还未到的时候，前面大约半英里远的地方，一定是有人看见斯卡拉车子的车灯后开了灯，所以前面的树林里突然灯光大亮，紧接着车子再转个弯，就到了雷鸟酒店。邦德当时看到酒店就觉得这个酒店实在是十分豪华，灯光十分明亮，虽然还有些部分没有完工，但是周围的灯光足以让人看清整个酒店。酒店前面应该是有一个很大的粉红和白色相间的柱廊，让这个酒店的贵气更是锦上添花。邦德当时把车子停在后面,是为了能够透过窗子看里面的情况。他看到里面亮着的玻璃大吊灯,地面铺着黑白相间的大理石。接着服务员领班看到斯卡拉回来了,就带着他的几个手下,这些人应该都是牙买加本地人,穿着红色上衣黑色裤子,匆匆地下楼来迎接斯卡拉。对斯卡拉狂拍了一顿马屁之后,便接过他和邦德的行李,盛情地欢迎他俩到大厅前台进行登记。邦德当然是用马克这个名字登记,在联系地址那栏写的是"金斯顿中南美公司"。

邦德还记得,斯卡拉当时在跟一个年轻的美国人说话。那小伙子看起来应该是这里的经理,穿着十分整齐,长得也很让人舒服。他当时转头对邦德说:"你住西边的24号房间。我就在对面的20号房间。你要什么就尽管打电话让服务员送去。明天早上十点钟来见我。那些股东明天从金斯顿过来,大概明天中午就到。所以我们得提前准备好,可以吗?"斯卡拉当时的眼神十分冷漠,再加上他憔悴又枯瘦的脸,那个眼神更显得寒气逼人,而且不容商量。邦德说了可以之后,就跟着服务员去24号房间。地板有些滑,走廊很长,周围是白色的墙壁,地上铺着蓝色的地毯,还飘着油漆的味道。房间设备和灯光装饰都很符合邦德的审美。邦德的房间在走廊左面,几乎是走廊的尽头了,而斯卡拉的房间就在对面。服务员开着房门等邦德,一股冷气从里面冲出来。邦德房间里的设备很现代化,房间主色调是灰色和白色。服务员整理完毕后就出去了，邦德就关掉了冷气，然后拉开了窗帘，把那两扇大窗户打开来流通新鲜空气。外面虽然看不见海，但是能听到海浪拍打的声音，邦德更加确定了海就在旁边！右面是一块草地，上面种着很多棕榈树，棕榈叶子就在月光下摇曳着，十分惬意。左边则可以看见通向酒店那条树荫小道，邦德还看到刚才那个急转弯。这时，邦德听见有人在发动他的车子，他猜应该是帮他停到停车场里面去吧，毕竟停在酒店大门口有损美观。大概了解下周围环境后，邦德转过身子，开始仔细观察房间。最可疑的东西就是两张床之间挂着的那幅很大的画——床头柜上放着一部电话，那幅画就正正当当在电话上面。这幅画画的是牙买加当地的集市，作者是本地人。邦德以为画后面的墙壁一定另有玄机，所以小心翼翼把画取下来，但是墙壁上并没有任何可疑之处。于是他又开始检查电话，以防电话被装窃听器，为了不触碰到电话听筒，他蹑手蹑脚地把电话放在床上，取出小刀，十分轻盈谨慎地扭开了底盖。他对自己的谨慎感到十分满意，觉得自己这么做真是对极了！原来底盖下面藏了一个微型窃听器，直接与主线路相通，就在电话里面。看完之后，他又小心翼翼地把电话装好，轻轻地放回原位了。这东西他知道，是个原始窃听器，可以听到整个房间里面的任何声音，只要是正常的说话声都能听到，然后传送到某个地方的收音机里给录下来。邦德突然想到一

The man with the golden gun

个有趣的事:晚上睡觉之前应该说些很虔诚的祷告词,就当作送给那些听录音的开场白是再好不过了!

邦德行李很少,随便收拾了一下,就打电话叫了客房服务。听电话的人是个牙买加本地人,邦德点了一瓶冰威士忌,三个玻璃杯,还要服务员晚上九点送鸡蛋来。电话那头回答:"好的,先生,您放心。"挂了电话之后,邦德脱下衣服,把枪连带枪袋都一起放在枕头下面,接着叫了服务员把他的衣服拿去熨平,之后就去洗澡了。等他洗完热水澡从浴室出来,穿上了一条全新的海岛棉内裤,威士忌就送来了。

这一天下来,最美妙的时刻就在喝第一口酒之前(之前喝的红带啤酒不算数)。邦德把冰块倒进去,用三只手指来回搅拌,捏碎冰块,酒渐渐冰凉了,这个时候口感最好了。邦德把椅子拉到窗户旁边,放了个小桌子,从行李箱里拿了本书出来,嘴里呷着酒。书刚好翻到令人深思的内容:我……低头看着已经为我挖好的坟墓。此刻,邦德心里有些复杂,转身,坐在椅子上,轻柔的海风轻拂而过。空气中掺着海水和树皮的气息,轻抚他的全身,实在是舒服得很。邦德灌下两大口酒,让酒在喉咙停留片刻,再吞入胃中,感受它的烈性。喝完这杯,邦德又倒了一杯,加了更多冰块,让它喝起来没那么烈。他端着酒,坐在窗边,思索着和斯卡拉有关的事。

斯卡拉现在在做什么呢?跟哈瓦那或者其他地区的人在

谈论事情吗？还是在安排明天的事情？邦德知道，那些股东一定都是黑社会的厉害角色，有的人早在巴蒂斯塔执政时期就掌握了哈瓦那的酒店和赌场，还有个人在拉斯维加斯赌场有股份。在古巴政变后，他们携带巨额钱款逃到美国迈阿密，并且把这些钱投资到各行各业。加勒比海区域的游资数目庞大，可能是某个财团的，也可能是某个地方的独裁者的。那么，斯卡拉的钱是来自哪里的呢？他本人是代表哪个财团呢？傍晚他打那两只鸟的时候，枪法真是出神入化，我怎么可能是他的对手呢？邦德想到这，忽然心血来潮，想看看自己的枪法。他走到床边，从枕头下取出华尔达手枪，拿出弹夹，瞄准房间里的各种东西，练习快速拔枪，上弹，开枪。他发现自己每次都多瞄高了一寸左右。这可能是因为子弹取出来了，枪身变轻了的缘故。他重新把弹夹装回去再试试，果然丝毫不差，心里想着自己枪法也不弱！于是他便安心地把子弹重新装回去，轻轻地放回枕头下。他回到椅子上，一边喝酒，一边看书，完全忘记了刚才的忧心忡忡。

晚上9点，之前点的鸡蛋送来了，上面还抹满了慕斯酱汁，邦德吃完还喝了一口酒，就准备上床睡觉了。想到斯卡拉是这里的老板，肯定有每个房间的钥匙，邦德觉得不太放心，所以打算明天去削个木栓插在门上。今天晚上，他用自己的行李箱抵住门，上面放了三只玻璃杯。虽然这起不到防御作用，但是最

The man with the golden gun

起码有人试图闯进来的话,能把他及时吵醒。弄妥当之后,邦德就脱掉衣服睡觉了。

凌晨两点,邦德从噩梦中惊醒,全身都是汗。他梦到自己正在奋力守卫一座堡垒,可是那些和他一样在守卫的人却袖手旁观,到处乱窜。邦德奋力大叫,让他们团结一致来对抗外敌,可是他们不予理睬,就好像没有听到邦德说话似的。在堡垒外面的平地上,斯卡拉正坐在一张椅子上面,旁边放着一门金色大炮。他抽着雪茄,还时不时地用烟去点燃火药,接着炮口就会悄无声息地喷出一大簇的火花,一团像足球那么大的黑色炮弹就高高地射上天空,轰轰响地砸进城堡内,把建筑炸得叮当作响。邦德的手里只有一把长弓,而且还总是射不出去。因为每次搭箭拉弓,准备射箭的时候,箭都会从他的手指之间溜下来,掉到地上。他火急火燎,大骂自己笨手笨脚。每次这个时候,就有一个巨型炮弹飞来,落在地上,砸出个坑,而且就不偏不倚地落在他之前站的地方。城堡外面,斯卡拉又点燃了大炮。黑色炮弹又呼啸而来,直奔邦德砸来,刚好落在他面前,然后慢慢地朝他滚去,越滚越大,眼看炮弹的药引越来越短,火星越来越耀眼,大团黑烟嗞嗞地快速散开。邦德抬起一只手臂想要挡住,保护自己,猛地一下子就撞着床头柜,把他给痛醒了。

从噩梦中惊醒的邦德,惊魂未定,赶紧下床冲了凉水澡定定神,还喝了杯冰水。当他重新上床的时候,刚才的噩梦已经忘得一干二净了，很快便进入梦乡，一觉睡到第二天早上七点半，无梦无魇。醒来之后，他起床换上泳裤，挪开了昨晚抵在门前的东西，走到走廊。在他的左边是一扇通向花园的门，门开着，一缕阳光钻了进来。他出了酒店，踩在湿漉漉的草地上，走向海滩，这时右边树林里传来了一声巨响，引起了邦德的好奇心。原来是斯卡拉，穿着泳裤，在弹簧床上面锻炼身体，旁边站着那个经理，手里拿着斯卡拉的衣服。斯卡拉浑身大汗，汗珠在阳光下面像水晶一样闪烁着。斯卡拉在弹簧床上，蹦得很高，有时膝盖着地，有时屁股着地，甚至有时用头把自己弹起来。这项运动真是让人胆战心惊。斯卡拉心房上的那第三只乳头，十分显眼，一眼就能看到。邦德若有所思地继续往沙滩走。海滩十分美丽，白色的沙子，还有一些在风中摇曳的棕榈树。邦德潜入水中，由于受到斯卡拉那种高强度锻炼的刺激，他游了两个远程来回。

回到房间后，他快速地吃了个简易早餐。邦德穿了深蓝色的衣服，因为不方便活动，所以他浑身不自在。他决定到酒店周围散散步，熟悉熟悉地形。原来酒店差不多快完工了，但是在大厅的另一面的东客房还没建成，都是水泥墙。整个酒店呈T形构造，设有餐厅、夜总会、客房。但是由于开张匆匆，就仓促地铺了地毯，简单装饰了一下，装了灯光。还有一些零散的家具设备，弥漫着浓厚的油漆和木屑的气味，看上去就像是一场匆匆收尾的戏剧彩排那般凌乱不堪。大概有五十个工人在干活，男男女女都有，忙着装窗帘、铺地毯、修理电器，但是没看到有工人在建房子。水泥搅拌器、电钻、铁制品等都安安静静地躺在酒店后面，像是被遗弃的巨型玩偶。邦德猜测，这个地方应该还需要一年时间和几万英镑才能完工，才能建成原计划的模样。邦德现在看出斯卡拉的难题了，也明白了斯卡拉召集这些股东的原因了。他们肯定会对酒店的施工现状抱怨一番，有些股东还可能会想退股。但是，有人退就会有人想买，而且是想以纳税损失的形式，用低价收入高价卖出，赚取中间差价，然后再投资到其他地方大赚一笔。因为美国、古巴等国家高昂的税金，而牙买加有税收优惠政策，所以这方法可比投资固定资产要挣钱多了。因为斯卡拉想要让这些股东寻欢作乐之后作罢的这个想法，可能是竹篮打水。邦德很了解这些大亨的想法，因而邦德对斯卡拉的这个做法能否成功很是怀疑。他们可能会跟那些漂亮姑娘玩得十分嗨，但是并不会犯糊涂。第二天醒来依旧清醒如初，不会舍弃这么好的赚钱机会，否则他们就是放着大钱不想赚了，那不是傻吗？

邦德继续走到酒店后面，他想看看自己的车停在哪个地方。他看到车子停在西客房那边的一个废弃停车场。太阳太毒了，阳光直晒在车子上，所以邦德就把车往前开到了树荫下面，还检查了剩余汽油，把车钥匙放进了衣服口袋。在这个陌生的虎穴,他要仔细提防的细节太多了!

停车的地方,沼泽的味道特别重,但还算凉爽。邦德继续往前走,很快就走到了树林尽头。前面就是人工铺设的羊草地,再望过去就是一片废墟——一条宽阔的潺湲不前的"死"溪流,和一片已经被填平的沼泽地,白鹭、百舌鸟、玫瑰花,一派和谐景象。昆虫阵阵鸣叫,青蛙和蛤蚧也呱呱地叫。这块地皮的边界处,有一条蜿蜒曲折的大溪流,泥泞又凹陷的河床布满了地蟹和河鼠。当邦德慢慢靠近的时候,河床突然泥花大溅,一条像人那么大的短吻鳄浮出水面,透了口气,又沉进沼泽中了。邦德笑了笑。毫无疑问,如果酒店没有建在这里,那么这里肯定会成为一个渔业基地。有穿着阿拉瓦克印第安人服饰的渔夫,有码头,还有带有凉亭的船只。乘客们可以在亭子里面一边戏水,一边欣赏热带丛林。当然了,这些服务肯定是需要付费的,肯定能赚不少银子。

邦德看了下手表,时间不早了,该回去了。回程路上,邦德观察到这里就像一般豪华酒店构造一样,左边是厨房、干洗间还有杂物室,可能完工的时候还会种夹竹桃和巴豆吧。厨房那边还传来节奏强烈的牙买加音乐,应该金斯顿的某个乐队。邦德在酒店四周又转悠了一圈,便回酒店大厅了。斯卡拉站在桌子旁边正和经理谈话,当他听到邦德的脚步声,就转头冲着邦德点点头。斯卡拉还穿着昨天的那套衣服,白色领带和整个大厅的优雅十分相搭。他对经理说:"好吧,那就这样吧。"又对邦德说,"来,我们去看一下会议室。"

邦德跟着他穿过餐厅的门,又经过另外两扇门,向右转进了一个大厅。这个大厅墙上摆满了玻璃杯和餐盘。大厅的另一边还有一扇门,斯卡拉带着邦德穿过这道门,走进一个房间。这个房间看起来似乎是用来赌博的,也可能是书房。房间里面的设施并不多,只有一张圆桌摆在正中央,桌子周围摆着七把人造革的白色扶手椅,桌上放着小本子和笔,地上铺着红地毯。正对门口的椅子大概是斯卡拉的座位,前面放着一座白色的电话。

邦德在房内走了一圈,检查那些窗户和窗帘,又瞥了一眼墙壁上的暗灯。他说:"那些暗灯可以装窃听器,电话也可以。需要我检查一下吗?"

斯卡拉冷酷地看着邦德说:"没必要。里面已经装好了窃听器,我装的。为了把会议内容记录下来。"

邦德回答:"明白了。你想让我在哪里守着?"

"门口。坐在门口,装作是看看书、杂志之类的。今天下午四点钟有个常规会议,所有股东都参加。明天会开几个小型会议,也许只有我和一两个股东参加。我不希望有任何人打扰我的任何一个会议,明白吗?"

"言简意赅,明白。现在你是不是应该跟我说说这些股东的名字，以免到时候出错，还有他们所代表的组织，你也不想出现任何差池吧？"

"拿张纸和一支笔坐下来，我说你记。"斯卡拉在房间里走来走去，嘴里说着，"第一，亨德里克斯，荷兰人，代表欧洲财团，主要是代表瑞士。你不要跟他交谈，他不爱打交道，话不多。第二，山姆·比尼恩，来自底特律。"

"是紫钢派的？"

斯卡拉停住脚步，狠狠地看着邦德，说："这些个个都是有身份的人，都是上流社会的大人物。你……"斯卡拉一时喊不出邦德的名字。

"哈泽德。"

"行吧，哈泽德。你要明白，他们都是有地位的人，是生意人，不是美国阿帕拉契亚的那些街头黑社会。比方说这个山姆·比尼恩，是房地产商，他身家大概有两千万美元。第三个是勒罗伊·格盖拉，迈阿密人，有自己的公司，娱乐产业的大亨，脾气不好，容易动怒。像他这种娱乐行业的人，都喜欢能在短期内赚取暴利的投资。第四个，鲁比·洛克逊，在拉斯维加斯开了家酒店，因为他有这种经验，知道酒店的运转流程，所以他可能会问一些很尖锐的问题。下面一个，来自芝加哥的哈尔·加芬克尔，跟我一样有自己所属的劳工组织。他代表了很多的基金联合工会，他应该没什么问题。这些工会有的是钱，钱多得不知道怎么花。已经说了五个人了,最后一个人,路易·帕尔戴斯,来自美国亚利桑那州凤凰城,开了一家叫'失乐园'的娱乐城,在当地娱乐产业只手遮天,还有自己的赌场。我猜不透他的想法。好了,就这么多。"

"那你代表哪个财团呢,斯卡拉先生?"

"加勒比区域。"

"古巴?"

"我说了加勒比,古巴不就属于加勒比区域,不是吗?"

"你说的是卡斯特罗政府还是巴蒂斯塔政府?"

斯卡拉的眉头又紧紧扭曲在一块,右手已经紧握成拳了:"伙计,我警告过你不要惹恼我。所以别想套我话,打探我的事,否则有你好受的!我保证要你难看!"说完斯卡拉就掉头,气冲冲地走了,好像他再多待一秒钟就会控制不住自己爆发了一样。

邦德已经得到这么多信息,十分满意地笑了。他翻到刚刚自己写下的笔记,上面全是黑社会大佬的名字。这像是一场没有硝烟的战争。邦德最感兴趣的是代表欧洲财团的亨德里克斯。如果这是他真名字,又是个荷兰人,那么,邦德可以肯定,亨德里克斯就是克格勃派来的那个间谍!

为了抹去字迹印子,邦德从本子上撕下了三页纸,然后走到了大厅。一个大块头正从酒店大门走进,朝前台走。他穿着不合时宜的厚衣裳,不停地流着汗。他可能不是那些股东之一,可能是安特卫普的钻石大亨？德国牙医？还是瑞士银行的经理？那个人脸色苍白,大方脸带有双下巴,俨然一张大众脸。他走到前台,把一个重箱子放在柜台,操着一口浓厚的中欧口音说道:"我是亨德里克斯。这里应该给我安排了房间吧？"

The man with the golden gun

第八章　黑社会头目聚首

　　那些股东的车子陆续来到酒店。斯卡拉只是微笑着站着迎接他们，并没有握手。这五个客人都称斯卡拉为"史先生"或是"金枪人"，只有亨德里克斯没这么叫他。邦德站在桌子旁边，一边仔细听他们的对话，一边记下他们的样貌特征。总体外观上，他们有很多相似点，一脸凶相，胡子刮得很干净，约五尺六寸高，眼神锋利，薄嘴唇，板着张脸，对经理的态度不太友善。服务员帮他们把行李放上搬运架的时候，他们都牢牢抓住自己手里的公文包，不让别人碰。他们的房间分散在西边客房。邦德拿出那张名单纸，记下他们的面貌和着装特征。只有亨德里克斯的特征没有记下，但是他却给邦德留下了很深的印象。

格盖拉：原籍意大利，凶相，嘴唇又扁又长。

洛克逊：粗脖子，秃头，犹太人。

比尼恩：招风耳，左脸颊有疤，跛子。

加劳克尔：面相最凶，一口坏牙，左腋下藏有枪。

帕尔戴斯：笑面虎，皮笑肉不笑，戴钻戒。

斯卡拉走上来，问："你在写什么？"

"只是记下他们的特征。"

"给我看看。"斯卡拉语气强硬，直接伸出手来要。

邦德便把名单给他。

斯卡拉快速地看了一遍，还给邦德，说："很好。但是没必要记下带枪这件事，他们都带枪了，你只是看到了一个。这些人出国的时候都会感到不安，所以都随身带枪。"

"这有什么关系吗？"

斯卡拉耸耸肩："可能是怕本地土著人吧。"

"几百年前的人才会害怕土著人。"

"谁知道他们呢。你十二点左右来酒吧，我会把你介绍给他们，说你是我的私人助理。"

"好的。"

斯卡拉走开了，邦德也朝着自己房间走回去。邦德还不想激怒斯卡拉，他希望他们两个的关系可以持续到两人开战。眼前因为斯卡拉还需要邦德为自己办事,所以一直忍着脾气。但是,也可能有那么一天,出现这么一个情况:服务员被斯卡拉怒骂,伤了自尊,就可能会恼羞成怒跟斯卡拉对着干,那么斯卡拉就被激怒了。这时,邦德就能渔翁得利,趁机干掉斯卡拉。这个方法毫无技术可言,但是邦德也实在想不出其他办法了。

邦德一回到房间,就察觉到自己房间被人搜过了,而且这个人还是个行家。老式剃须刀的握柄向来是特工用来藏东西的好地方,邦德这个剃须刀是他在纽约的时候,他的美国朋友莱特买给他的。朋友还告诉邦德刀柄藏东西最隐秘,所以邦德就一直把秘密小物品藏里面,比如:密码、缩印文件、精细工具、氰化物药丸等等。今早,邦德曾在刀柄的螺丝上刻了一条细纹,与刀柄上面的厂家名字的字母中的 Z 是平行的,而现在细纹却稍微歪了一点。还有邦德之前故意在其他东西的摆放上做了手脚,比如手帕故意叠歪,箱子和壁橱摆放的角度,上衣口袋的兜故意抽出一半,甚至那管牙膏上的凹陷处。这些地方通通都与先前摆放有点不同,一定是有人趁早上九十点邦德出去散步的时候进来搜查。而且看得出此人经过专业培训,行动手法十分小心熟练。但可以肯定的是,此人一定不是那些牙买加本地服务员,看来有人在暗中观察邦德的一举一动。

邦德知道这场"战争"开始了,好在自己已经做了周密准备,他得意地笑了。如果他找到机会能偷偷溜进对面斯卡拉的

20号房间也这样搜一搜,他希望自己能比这个人做得更好。紧接着邦德去洗澡,当他洗头发的时候,他一脸疑惑地看着镜中的自己。他觉得自己百分之百痊愈了,但是他还记得他第一次在"公园"刮胡子的时候,从镜中看见自己呆滞又阴沉的眼神,脸上表情十分狰狞,回想起来都觉得后怕。现在,镜子中的他,灰蓝色的眼球,褐棕色脸庞,精气旺盛,眼神坚定,与之前那个他大为不同。

"人啊,只有在有对手的情况下,才会更加了解自己、提升自己,这就算是一场智慧的博弈,一场自我能力的检测。"邦德反省着,同时又对自己这个反省感到很可笑。斯卡拉这么强劲,他没有理由退缩。好了,一切就绪,时间也差不多了,该去酒吧了。

穿过大厅会议室对面那扇镶有青铜的皮质门就是酒吧了。这个酒吧仿照英国高级沙龙酒吧的设计,整体风格设计很前卫,装饰得十分奢华。精制的木椅、长凳套上了红色皮套,还有吧台上的银制啤酒杯。墙上挂着狩猎图、铜币、黄铜猎号、毛瑟枪和火药筒,这些应该都是来自英国的帕克美术馆。与啤酒杯不同的是,香槟杯装在年代久远的冷却器里被摆在桌上;与乡村不同的是,这个酒吧里面的人,着装整洁,看起来都是来自上流社会的人,品酒姿势十分优雅。而斯卡拉正倚靠在光滑的红木吧台,右手食指玩弄着他的金枪。

当门关起来的时候,斯卡拉停住了转动手枪,枪口就指着邦德的胃部。"嘿,伙计!"斯卡拉大喊,"介绍一下我的私人助理,马克·哈泽德先生,来自英国伦敦。他来帮我管理事情,好让这周的事情都顺利进展。"斯卡拉对那群股东说,接着又朝邦德大喊,"马克,来这里,认识下这些大人物!"斯卡拉把手中的枪插进腰间。

邦德脸上挂着"职业笑容",朝斯卡拉走去。可能因为他是英国人,很有礼貌,所以他跟在座的人都握了手。穿着红色制服的酒保问他要喝什么,邦德回答:"金酒,多加点苦精。"然后其他人就断断续续说了些和酒有关的事。每个人好像都在喝香槟,除了亨德里克斯,他独自站在远处喝着柠檬水。邦德想记住他们每一个人的声音和口音,所以他走到人群中,跟他们谈论一些日常话题。之后,他走到亨德里克斯身旁,说:"看样子,只有我们是欧洲人了。欢迎你从荷兰来。荷兰是个美丽的国家,我经常路过荷兰,但是没有在那久留过。"

亨德里克斯淡蓝色的眼睛看起来对邦德毫无兴趣,十分不情愿地吐出两个字:"谢了。"

"你来自哪个城市?"

"海牙。"

"你在那生活了多久?"

"很久很久。"

"海牙,这个镇子很漂亮!"

"谢谢。"

"这是你第一次来牙买加吗?"

"不是。"

"你觉得这里怎么样?"

"不错。"

邦德学着亨德里克斯的口吻说:"谢了。"他欢快地笑着,看着亨德里克斯,仿佛在说:我已经说了这么多,现在该你多说说话了。

亨德里克斯眼神空洞地看着邦德右耳,什么都没有说,气氛十分尴尬。然后他换了个站姿,气氛才缓了下来。他沉思地看着邦德,说:"你,来自伦敦,对吧?"

"是的。你知道伦敦?"

"我去过那里,我当然知道了。"

"你一般住哪里?"

亨德里克斯一阵犹豫:"朋友家。"

"那就相当方便了。"

"什么意思?"

"我的意思说,在他乡能有朋友,做起事来很方便。酒店都长一个样子。"

"我没什么感觉,失陪了。"说完,亨德里克斯掉头走开,往

The man with the golden gun

斯卡拉那边走去。亨德里克斯的头发很有特点,是德国式短发。斯卡拉还是一个人在休息着。亨德里克斯说了一些话,听起来像是命令。斯卡拉就立即起身,跟着亨德里克斯走到室内远处的一个角落。亨德里克斯低声飞快地说着些什么,斯卡拉就毕恭毕敬地站着,认真听着。

于是,邦德就和其他人开始交谈起来。邦德猜测,这个房间内,除了亨德里克斯之外,没有人有能耐强迫斯卡拉做事。邦德注意到,其他人不停地往斯卡拉那个角落里瞟。至于邦德所属的财团是属于英国情报局的这一件事,可能这些黑手党和克格勃的人,甚至是这"五巨头"都不知道。但是他们肯定知道英国情报局,而亨德里克斯身上就有一股强烈的间谍的气息——似乎是克格勃派来的间谍!

午饭时间到了。酒店领班准备了两桌丰盛的午宴,座位都安排好了。邦德发觉,斯卡拉坐在另一桌招呼客人,而他自己和帕尔戴斯和洛克逊坐一起。如他所料,帕尔戴斯比洛克逊身价更高。当他们在交谈的时候,各种海鲜、美酒、牛排、水果、甜点都端上桌了。邦德兴致勃勃地跟他们一起聊了赌场上耍老千的事。洛克逊一直在不停地吃,从头到尾他唯一说的话就是他在迈阿密赌博的那次输牌经历,说话时嘴都塞满了牛排和薯条。帕尔戴斯说:"那是肯定的。洛克逊,有时候你就是得故意让赌客赢,否则他们输钱了就不会再来了。当然了,你可以赢他们的钱,但是你不能赢光他们。他们就好比是橘子,你可以用他们榨汁,但是你不能榨干。我的那些老虎机也是同一码事,如果它们能赚30%,我就只赚20%,而且我总跟我顾客说不要太贪心。你没有听过摩根主持那档有关降低纯利润的节目吗?"洛克逊摇摇头,"天!不会吧!人家那么聪明都知道让利,所以你就别一心想着榨干别人啦!"

洛克逊语气坏坏地说:"但是,眼前你必须从这堆废铁里得到最大利益。"洛克逊手挥舞了一下,示意这个酒店,"如果你要问我的话,"他手中的叉子还叉着一块牛排,"我只能告诉你,剩下的钱可能都用来买你现在吃的这些东西了。"

帕尔劳斯身子往前倾,靠在桌子上,鬼鬼祟祟地问:"你知道些什么?"

洛克逊说:"我一直都告诉我团里的股东,这个酒店早晚要废掉,那些笨蛋就是不听!你再看看我们现在在什么鬼地方!二次融资眼看就要没了,而这里才建好了一层楼。我想说的是……"

接着,他们开始讨论起巨额融资。而旁边的那桌,气氛就不如邦德这桌这么有生气。斯卡拉是个话很少的人,这种性格显然在社交场合是不适合的。坐在他对面的亨德里克斯,默默无言,安静得如同一块干奶酪。这几人就是有一句没一句地聊着。邦德很好奇斯卡拉要怎样让这个死气沉沉的队伍"玩得开心"?

午饭过后,大家都各自回房了。邦德在酒店后面漫步,发现了垃圾堆里有个小木屋。烈日当头,天气奇热无比,但是海风吹来还算清凉,这比房内的空调冷气要舒服自然多了。他继续沿着海岸走,在沙滩上找了一块有树荫的地方坐了下来,脱下外衣,解下领带,一边看着螃蟹在沙子里爬来爬去,一边折断了两根树枝。渐渐地,他闭上眼睛,进入梦乡,梦到了玛丽。梦里,玛丽在金士顿的某个郊外别墅里午休,有凉风拂过,这个地方应该是在蓝山上。她的床上挂着白色蚊帐,由于天热,她就一丝不挂地躺在床上,从蚊帐外面还可以隐隐约约看见她那象牙色的诱人胴体。她的上唇和双乳之间渗出了细细的汗珠,那金色头发也被汗水浸湿一部分。邦德脱下自己的衣服,掀开蚊帐的一角。他不想吵醒她,直到他摸着她的双腿,准备进入她身体的时候,玛丽转了个身,面朝他,伸出双手搂着邦德,娇滴滴地喊着:"邦德……"

邦德从这个春梦中一惊而醒,意识到自己实际上与玛丽距离一百二十英里。他连忙看看表,三点半了,从沙滩上捡起刚刚折断的两根树枝,就回房了。这两根树枝是用来做门闩的。邦德洗了冷水澡,就往大厅去。

那个年轻的经理从柜台后面走出来打招呼:"哈泽德先生。"

"嗯?"

"你应该还不认识我的助手,特拉维斯先生吧?"

"是的,应该还不认识吧!"

"那么请你跟我去我办公室,我介绍你们认识,好吗?"

"过一会吧。我们马上就要开会了。"

经理又上前一步,低声地说:"他很想见见你呢……呃,邦德先生。"

邦德一惊,全身的血液似乎都在那一刻凝固了。这里竟然有人知道他的真实姓名!被人喊中名字,就像你在黑夜里,全神贯注地寻找一只红色翅膀的甲虫。你一心一意,悄悄地想要抓住它,目光只聚焦在它身上,结果被人当头一棒,仿佛从梦中被生硬地拉醒。此时的邦德脑子一片空白,看着眼前这个男人,十分普通,怎会知道自己的真名?

"我们要快一点。"

经理绕到柜台后面,打开了一扇门,邦德警觉地进去后,经理又赶紧关上门。文件柜前面站着一个高高瘦瘦的男人,听到关门声音就转过身来。他长得十分英俊,发丝柔软,但是右手已经没有了,取而代之的是一支闪闪发光的钢钩。邦德停了下来,脸上露出惊喜,大笑。邦德说:"嘿,你这小子!你跑这里来做什么?"邦德大步上前,在那个男人左臂亲热地捶了一拳。

邦德端详着这位老友,他变化不大,只是脸上的皱纹多了许多。

原来这位所谓的"特拉维斯先生",就是邦德的老战友莱特,是美国中央情报局的情报员,过去曾多次与邦德合作。

老友脸上挂着友好的笑容,故作严肃地说:"我是菲利克斯·莱特,是雷鸟酒店专门从摩根信托公司聘来的临时会计师。马克先生,我们刚刚查看您的信用等级情况。希望您没有偷税漏税的行为。"

第九章　虎穴遇战友

在斯卡拉的老窝遇见了自己的伙伴,邦德喜出望外,开心得头昏脑涨。四点钟,邦德回到柜台,抓起一把登记表朝着格盖拉兴奋地打招呼:"嗨!"格盖拉没有说话,只跟着邦德进了会议室的大厅。六个人都到齐了。斯卡拉站在门口看手表,对邦德说:"好了,伙计,锁上这扇门,别让任何人进来,就算酒店着火了也不能让人进来。"接着他转身对室内的一个服务员说,"乔,马上给我消失。叫你时再进来!"然后,他对大厅里的那些股东说,"好了,一切就绪,我们进去开会吧。"他带头进了会议室,那六个人紧接着也走了进去。邦德站在门口,留神记下他们就座的次序,然后迅速地关上了外面那扇门。然后他走向酒柜,拿起一只香槟玻璃杯,拉来一张椅子坐在会议室的前门。他尽可能地把杯口靠近门缝,手持杯脚,左耳贴在杯子上。这样一来,他就能通过杯子产生的扩音效果,听清楚室内的谈话了。他听见亨德里克斯说:"……因此,我现在就要报告给我欧洲的上司……"他说到这里突然停住了,邦德听到了吱的一声,是挪动椅子的声音。他立即以闪电般的速度把自己的椅子往后挪了几尺,飞快打开放在膝盖上的旅游手册,举起杯子放在嘴边。门打开了,斯卡拉站在门口,扭动着门上的钥匙。他看了看邦德,没有发现任何可疑之处,便说:"没事,我只是看看。"说完顺脚一踢,把门合上了。

邦德用钥匙把门锁上,又继续回到刚才的位置。听见亨德里克斯说:"我有一个很重要的消息要告诉斯卡拉先生,这个消息的来源绝对可靠。那就是,这里有个叫邦德的人正在四处搜寻你,这人是英国情报局派来的特工。我对这个人相貌不清楚,但是我的上司对他的评价很高。斯卡拉先生,你听说过这个人吗?"

斯卡拉不屑地哼了一声:"当然没有!难道我会怕他?他们那些有名的秘密特工哪次不是死在我手里?就在十天之前,有个叫罗斯的人跟踪我,我立马了结了他。他的尸体现在正在特立尼达的拉布雷亚湖中泡着呢,也许哪一天特立尼达沥青公司会产出一桶带人骨头的油呢,那就有意思了!请说下一个问题,亨德里克斯先生!"

"我想知道我们组织采取了什么策略去破坏蔗田。六个月前,我们在哈瓦那的那次会议,你们都赞成这个策略,只有我一个人反对。少数服从多数,最后实施了你们的决定。在牙买加和特立尼达等地放火烧毁蔗田,导致供不应求,从而抬高全球糖价,用来弥补飓风造成的损失。你们的报酬则是方便了你们的走私。从那以后,特立尼达和牙买加等地的蔗田就经常出现失火现象。这件事传到我上司的耳里,此外,他又听说了我们组里有好几个人……"——翻动文件的沙沙声——"除了主席斯卡拉先生之外,格盖拉、洛克逊、比尼恩趁机大量购入蔗糖,准备囤货,以大挣差价,从中捞一把……"

亨德里克斯话音未落,桌子周围的人便发出一阵恼怒声:"为什么我们不能……""为什么他们不能……"格盖拉的声音最大,他大叫:"谁他妈说了我们不能挣钱?我们这个组织的宗旨不就是他妈的为了挣钱吗?我再问你一次,亨德里克斯先生,正如我六个月前所问的,你这个所谓的上司到底是什么人?他们为什么要压低糖价?依我看,这一定是苏联从中作祟!因为苏联经常把货物出口到古巴以换取蔗糖,包括最近那批要用来对付我们国家的飞弹。苏联人做交易一向刻薄,即使是和盟友国做生意,他们也总想占便宜,嫌少不怕多,对吧!"格盖拉冷笑一声,"亨德里克斯先生,你的上司,该不会是赫鲁晓夫吧?"

斯卡拉拍案而起大叫:"安静!"于是大家欲言又止,沉默了一阵。斯卡拉接着说:"当初我们成立这个组织,大家都一致认为最主要的目的是相互合作。对吧?那么,亨德里克斯先生,我们也跟你说老实话。就我们这个组织而言,眼下前景欣欣向荣。作为一个投资组织,我们既有有利条件也有不利条件。有利的条件就是我们的蔗糖,即使我们当中有成员选择不与我们共患难,我们还是要尽可能把这个有利条件最大化,懂我的意思吗?那么,请继续听我说完。现在我们在美国的一些港口有六艘船,纽约有一艘,每条船上都装着原生糖。亨德里克斯先生,这些船没到糖期货的话,是不会入船坞卸货的。6月份的糖期货已经上升了10美分。华盛顿的农业部和蔗糖游说团体知道他们必须背水一战,靠我们了。同时除了苏联的酿酒业,其他国家的酿酒业又得依赖他们输出糖。糖浆的价格也跟着蔗糖一同抬升了。酒业大亨已经对这个现状十分抓狂,他们想要在糖货短缺之前,也就是在糖价还没被抬得冲出天际之前,让我们把糖给放出去。我们手里有大量糖,这是我们的有利条件。另一方面,我们也面临着一些棘手的问题。我们得付工人劳务费、土地承包费等等这些乱七八糟的费用吧,还有那些停在渡口的船都是废船。因此,我们得做取舍了。我们现在这叫进退两难——我们的船是在美国近海岸成排停靠着的,还得跟美国政府搞好关系。所以现在我们和我们的靠山都是一条绳子上的蚂蚱,要么拿下这 1000 万美元,要么就打水漂。另外,我们还得把这个酒店生意给继续维持下去。所以,亨德里克斯先生,你怎么看呢?当然,我们确实找人放火烧蔗田,代价也不小。那群人是牙买加拉斯特法里派的成员,一帮混日子的废物,终日吸毒的瘾君子。我认识这里面一个人,跟他做了交易,我给他大麻,他帮我放火烧蔗田。因此,亨德里克斯先生,你刚刚说你得报告你的上司,糖价必须压低?糖的供应必须稳定?"

亨德里克斯说:"斯卡拉先生,我会把你的意见转告我的上级,听不听还在他们自己的看法。现在,说说我们这雷鸟酒店的生意,你是否能说说到底经营得怎么样了?我觉得大家都很想知道这里的情况,不是吗?"

大家都一哄而起,表示十分赞同。

斯卡拉念了一大批账目,这些股东对此提不起丝毫兴致,只有邦德竖起耳朵听。

无论在任何情况下,莱特都会把他们的谈话内容从头到尾一字不漏地用录音机记录下来。就这一点来说,这是莱特对邦德的承诺。而且莱特也解释过,那个年轻的经理是美国中央情报局的特工,真名叫作尼克·尼克松。他打入敌人内部,正是冲着亨德里克斯来的。原来正如邦德所料,亨德里克斯果真是苏联间谍组织克格勃的高级官员,主要掌管苏联在加勒比海区域和哈瓦那的间谍工作。克格勃就喜欢偷偷地搞这些见不得光的事。因为莱特之前和邦德多次合作,从中获得了许多技能和知识,所以才被派来破坏斯卡拉这个组织。他现在既为联邦调查局工作,又要为中央情报局效劳,此次的任务就是要粉碎这个组织,还要查出他们究竟有什么目的。这些股东在美国都是声名大振的黑社会头目。调查他们,这本来是美国联邦调查局的事,但是由于其中的格盖拉是美国势力最大的黑手党当家人,而最近又发现黑手党与苏联的克格勃关系密切,暗度陈仓,所以中央情报局开始认识到问题的严重性,决定不惜一切代价,要将这个坏势力一把击碎,必要时采用暗杀也不是不可以!另外,尼克·尼克松的原名是斯坦夫·琼斯,是个电学专家,他已经设法在斯卡拉的录音机上做了手脚,这样一来,他们就能追踪会议的谈话,还能用密室的录音机给录下来。所以邦德不担心没有听全斯卡拉说的话,他认真听只是为了满足自己的好奇心,还有就是以防这些录音设备出了问题没法完全收录进去。

另外,邦德也向莱特和尼克解释了自己是在此处执行任务。当时莱特打趣地吹了一个长口哨表示十分理解。邦德与这两人达成一致,表示互不干涉,但是出现紧急情况的话,会去那个密室商量对策。尼克松也给了邦德密室的钥匙,还有酒店其他房间的钥匙,然后邦德就匆匆赶去开会了。虽然与老友莱特相聚短暂,但是能在敌人的老巢碰到两个同盟,邦德感到惊喜万分。他与莱特曾多次合作,十分信任莱特。虽然莱特在一次任务中失去了右手,现在只有钢钩,但是他左手的枪法可以说是百步穿杨,而且钢钩也是一个致命的近距离攻击武器。有这样的得力助手,邦德心里感到很安慰。

这时,斯卡拉说完了那些酒店的账目,最后说:"各位,由此看来,我们还需要追加1000万资金。依我所见,按个人股份的多少来付。"

洛克逊愤愤不平地打断斯卡拉:"这可不行!我们已经投资了一大笔钱,至今还不见资金回收。而现在你又要追加资金,这我可怎么回去跟我那些拉斯维加斯的合伙人解释?这,我回去可没法交代。"洛克逊在拉斯维加斯开了很多酒店,经验丰富,所以一下子就察觉出情况不对劲。

斯卡拉说:"洛克逊,你要知道,叫花子没有挑肥拣瘦的权利。要么拍手同意,要么拍拍屁股走人。大家还有什么意见?"

亨德里克斯说:"投资续航,解决眼下危机,是为了今后更好的发展,这没理由拒绝。我出100万美元。"

"当然了。我和我的合伙人自然也出100万。山姆,你呢?"斯卡拉说。

比尼恩十分不情愿地说:"好吧,我也100万咯。但这是最后一次了。"

"格盖拉先生?"斯卡拉问。

"这听起来像是个赚钱的好机会。其余的都算在我头上。"

加劳克尔和帕尔戴斯争先恐后地大叫:"放屁!我还有份呢!"

加劳克尔先说:"我出100万!"

"我也一样!"帕尔戴斯迫不及待地喊。

"一视同仁,对洛克逊公平点。洛克逊,你先说,你要多少?你本来是第一个选择的,你可以要全部。"斯卡拉问。

"我他妈一个子儿也不给!我一回美国,就请美国最好的律师打官司!你以为我会上你的当?那你就打错你的如意算盘了!"

一阵沉默,大家都面面相觑。斯卡拉故作温柔却又杀气十足地说:"你犯了一个大错误,洛克逊。你完全可以把这一笔损失报在赌场的纳税上面,受损的不过就是美国政府而已了。而且你别忘了,当初我们成立这个组织时,我们发过毒誓:任何人不得做损害其他人利益的事。记得吗?你真的下定决心要找律师?"

"这是肯定的!"

"那这个能让你改变主意吗?"说话间,斯卡拉掏出金手枪对着洛克逊,"合作共赢,不合作就——死!"房间里几乎同时传来刺耳的枪声和惨叫声。邦德可以想象此时洛克逊恐惧的眼神。"这就是我们这个组织的处事风格。"斯卡拉淡淡地说。

与此同时,椅子哐当倒在地上,接着是死一般的寂静。有人紧张地干咳一声。格盖拉镇定地说:"我觉得这才是解决利益冲突和纠纷的正确办法!洛克逊那些拉斯维加斯的合伙人不爱管闲事,我怀疑他们都不会说什么,多一事不如少一事,他们不会追究的。100万就算他们头上吧,金枪人。不过,你的枪法真是又快又准。但是,你怎么处理这件事?还有,你能不能把这个尸体给处理了?"

"当然,当然。"斯卡拉的声音十分轻松欢快,"我们可以说洛克逊开完会就回拉斯维加斯,然后就没消息了。我们不知道发生了什么。我在酒店后面的河里养了几条鳄鱼,它们正好饿得很。把洛克逊扔到河里,保证连他的行李都能吃得干干净净。不过,我今晚需要人手一起帮忙,把他扔河里。山姆,路易,就你俩,怎样?"

帕尔戴斯恳切地说:"我还是算了吧,金枪人。我可是虔诚的天主教徒!"

亨德里克斯说:"我替他去。我什么教都不信!"

"那就这样吧。各位,还有其他问题吗?如果没有的话,我们就散会,大家去喝酒庆祝一下。"

加劳克尔神经兮兮地说:"等一下,金枪。门外那个英国佬可靠吗?他听到枪声会怎么想?他会不会把事情说出去?"

斯卡拉咯咯地笑起来:"哈尔,你放一万个心!你不用担心他,等这周事情结束,我就解决他。我是在附近一个村子里碰到他的,现在就暂时用用,到时候就斩草除根以免后患。你们就放心大胆地玩。我那些鳄鱼胃口大得很,洛克逊是主菜,那小子就是饭后点心。总之,这件事我会处理。说不定这人就是亨德里克斯所说的那个邦德,那我也不在乎,我就讨厌英国佬。就像一个美国佬说的:'每个死去的英国人都在我心里留下了一首歌。'记得这句话吗?是中东战争时,一个美国佬说的。总之,你们相信我好了。"

邦德听到这话,暗暗觉得好笑,真嚣张!他能想象到斯卡拉正拔出腰间的金枪,得意地在手上一晃。听完,他立马起身,搬开椅子,在杯子里斟满香槟,身子靠在吧台,装作在看牙买加旅游指南。

很快就传来斯卡拉开门的声音,他站在门口看邦德,手指摸着小胡子说:"伙计,免费香槟喝够了吧!去告诉经理,洛克逊先生今晚要走,帮他办理退房手续,其他的事情我来处理。还有,告诉他开会的时候一根保险丝烧断了,所以我要锁上会议室的门好好检查一下,看看到底哪里出了问题。然后我们一起去喝酒,吃晚饭,看那些美女跳舞。明白吗?"

邦德说:"明白了。"然后斯卡拉踏着轻盈的步子,慢慢悠悠地走向大厅,故意没有锁上会议室外面的门。听了整场会议内容,邦德当然清清楚楚、明明白白地"明白了"他们这些勾当,就像金融招股说明书那样格外清晰明了。

第十章　初露马脚

在经理的办公室,邦德把刚才的会议内容跟他俩大致说了一遍。

尼克松和莱特很开心,他俩一致认为,录音证据加上人证邦德,他们足以把斯卡拉送上断头台。而且,今夜他们还得让一个人去偷看斯卡拉是怎么处理洛克逊的尸体的,以收集足够的证据来指控亨德里克斯、加劳克尔的同谋罪。但同时他俩又为邦德感到担忧。莱特说:"从现在开始,你一定要枪不离身。我们可不想再在《泰晤士报》上看见你的讣告了。那个时候我在报纸上看到你的讣告,我都不敢相信,你这么厉害的人也会被干掉。我他妈都差点一把火烧了报社。"

邦德被莱特的话逗笑了,他说:"莱特,你真是个好朋友。你总是我学习的好榜样。"话说完了,邦德便离开,回到自己房间,咕噜咕噜喝了两大口威士忌后,冲了凉水澡,便躺在床上,一动不动地盯着天花板发呆,直到晚上八点半。到点该去吃晚饭了,邦德起床出房门。这顿晚餐的气氛要比午餐欢快多了,似乎每个人都对下午会议商讨的结果格外满意。除了斯卡拉和亨德里克斯之外,其他人都一杯接一杯地大喝。邦德发觉自己被排斥,没人搭理他,备受冷落。每个人都不正眼看他,也不跟他讲话,对他提的问题也直接忽视。这也难怪,金枪人已经提前给他判了死刑,他就像是个瘟疫,当然没有人愿与他为伍。

如斯卡拉预期一样,游艇上的豪华晚宴,众人寻欢作乐。服务员端来一盘盘名贵的佳肴。与此同时,那个乐队也开始布置舞台背景。

一个个盆栽植物被挪来当背景,餐厅渐渐地塞满各种各样的果树,活像一个热带丛林。一切就绪,一群身穿酒红色镀金上衣的乐队成员站在舞台上,准备开始演奏。音乐声震耳欲聋却没有一点生机。这时,一个面容姣好,包了好几层衣服的女郎登场了。她边跳边唱,头上还顶着一个形似菠萝的饰品,曲子十分粗俗,歌词倒是被她改得有些许文雅了。

邦德觉得无聊至极,真是折磨,便站起身,走到前面,对斯卡拉说:"我头痛,我回去休息了。"

The man with the golden gun

斯卡拉抬起头看着,眼皮像是没撑开一样,说:"不行!如果你觉得气氛不够嗨,你就把气氛搞起来。我付钱给你,就是让你来调节气氛的。你不是对牙买加很了解吗?那就露一手给我看看。"

上次邦德听到这种奚落的口气,还是在几十年前。他感觉大家的目光都落在他身上,尴尬极了,心有不甘。正好他又喝多了,于是怒从胆生,心里更是想大显身手,灭灭这群大老粗的威风。他一时冲昏了头,说:"好吧,斯卡拉先生,给我100美元,还有把你的枪借我一用。"

他没有意识到这个做法是多么愚蠢,对他目前的处境多么不利。其实这个时候,他最好的办法就是装傻充愣,做个彻头彻尾的废柴英国佬。斯卡拉没有动,他诧异地看着邦德,心中疑窦顿生,但是脸上依旧保持着镇静。帕尔戴斯醉醺醺地朝着斯卡拉大叫:"快给他呀!金枪人!让我们看看他有什么能耐!没准这家伙真留了一手呢!"

斯卡拉慢慢地从口袋掏出钱包,抽出一张钞票,然后又慢慢地拔出腰间的金枪。这时,原本打在舞台的灯光,转到了这把金枪上。斯卡拉把这两样东西摊在桌子上。只见邦德背对着乐队,一把抓起枪,在手中掂了掂。他掰开扳机,子弹上膛,速度快得让人咋舌。紧接着,他忽然转身,单膝跪地,伸出手臂,砰然放枪。子弹飞往舞台,发出震耳欲聋的声音。音乐戛然而止,所有人都屏息凝气,安静极了。咚的一声,那个舞女头上的菠萝饰品被打碎,掉在地上。那个女人吓得双手捂着脸,身子一软,瘫倒在地。酒店侍卫领班从幕后赶忙冲了出来。

底下一片喧哗,那几个黑社会头目七嘴八舌地说着话。邦德捡起那张百元钞票,走到灯光下面,弯下身子,把那个舞女扶了起来,把钱塞进她的乳沟。"宝贝儿,我们俩刚才的表演真是配合得天衣无缝。别担心,你安全着呢。我瞄准的是菠萝的上半部分。去吧,去准备你的下一场表演吧。"邦德拉着她转了圈,然后啪一声,朝她屁股拍了一下。她惊恐地瞪了他一眼,赶紧跑进后台。

邦德走到乐队面前:"谁是这里管事的?谁是主持?"

一个高高瘦瘦的黑人,胆怯地站了起来。眼睛时不时瞄着邦德手里的金枪,结结巴巴地说:"是……是……我,先生。"眼神里透露着无法掩饰的恐惧,似乎站在他对面的是死神。

"你叫什么名字?"

"呃……金·泰格。"

"好吧,金,你听着。这可不是救世军的晚宴,用不着把气氛搞得这么庄严。斯卡拉的朋友们都喜欢玩刺激的、开心的,而且要嗨。我让人送点酒来给你们放松下,要大麻也可以。我们这里是绝对隐秘的,想干什么就尽情干。还有,把那个漂亮妞叫回来,让她穿少点衣服,越少越好。叫她唱《舔肚皮》的原版歌词,唱完的时候,她们要脱光了。明白了吗?快去准备,要是弄砸了,一分钱也别想拿。懂吗?速度!"

听到这里,泰格和乐队的人都松了一口气,转忧为喜。泰格咧着嘴笑着连忙说:"好的好的,您说得是。我们马上准备。刚才只是一个小热身。"他转头对乐队说,"大伙,卖力一点!躁起来!我去找黛丝和她的朋友们,让她们热情一点!"便走了出去。乐队继续演奏。

邦德走回去,把金枪放在斯卡拉面前。斯卡拉一脸好奇地盯着邦德看了许久,才把枪插回腰间。"哪天我们来比试一下枪法,马克先生,距离二十步,生死自己负责。如何?"斯卡拉说。

"多谢抬举,"邦德说,"我是没问题,只是我母亲恐怕不会同意。你能不能让人给乐队送点酒去?借酒助兴,也不能让他们干弹琴啊。"他回到座位,没有人再看他。其他五个人(应该说除了亨德里克斯,因为他一整晚都情绪不佳),一个个都竖起耳朵听那首很污秽、很暴力的歌。舞台上,四个丰腴爆乳的姑娘,只穿着白色内裤,跑上舞台,胸脯一颤一颤的,一边跳着肚皮舞,一边朝这几个男人走来,十分火辣。帕尔戴斯和加劳克尔看得额头直冒汗,眼睛睁得大大的。音乐在如雷贯耳的掌声中结束,四个舞女嬉笑着跑下舞台。灯光也暗了,只留下舞台中间的那道圆形灯光。

忽然,鼓手加快了节奏,像是噗噗噗狂跳的脉搏。舞台的门被打开,一个奇怪的东西被推到灯光下面。那是一只巨大的手,高达六尺,外面包着一层黑皮。它手掌向上,五指张开,看起来好像要去抓东西。

紧接着鼓手节奏打得更急了。那门,又开了。一个金光闪闪的身影冲了出来,在黑暗处停留了一会,便舞动到舞台中间,绕着巨手跳舞。只见她,一丝不挂,身上涂了橄榄油,闪闪发亮,在黑手的衬托下,显得皮肤柔滑白皙,让人忍不住想轻轻咬一口。她一边围绕着巨黑手舞蹈,一边充满挑逗地抚摸它。紧接着身体贴着黑手爬上手掌中,做出一副十分疲惫的娇弱表情,看起来好像刚刚结束了一场激烈的性爱那样劳累又十分享受。跟着,她又开始在上面热舞,那个黑手看起来就要去抓住她,那场景十分挑逗,简直淫猥到了极点。在场的男人都看得口水直流,快要把持不住了。邦德注意到,就连斯卡拉也看得起劲,眼睛直勾勾地盯着。鼓手节奏打得更急了,紧接着节目的最高潮,那个舞女爬上大拇指,在上面不停地扭动,装出一副飘飘欲仙的样子,娇喘连连,让人看得好不心痒!最后屁股一撅,从黑手上面滑下来,便跑进后台,消失在灯光中,节目到此结束。

灯光全打开了,每个人,就连邦德都拼命地鼓掌喝彩,不舍得从刚才如痴如醉的梦幻中醒来。斯卡拉拍拍手,示意乐队队

The man with the golden gun

长过来,然后取出一张钞票给了他,还说了一些悄悄话。邦德猜想,斯卡拉一定是要刚刚那个女郎晚上陪睡了。

经过这个性感撩人的热辣节目之后,每个人都变得兴奋起来,接下来的歌舞表演更是惊艳妖娆。一个只穿着内裤的女孩,和队长表演脱衣秀。队长暴力地用弯弓将她身上仅有的内裤直接挑开,她瞬间就一丝不挂地继续表演,场下一片沸腾。之前出场的第一个女孩,也就是戴着菠萝饰品的那个女孩,又登场表演了。这次是脱衣舞,配上《舔肚皮》这首淫荡的歌,场下的人又兴致勃勃,其他的舞女则热情邀请客人一起跳舞。斯卡拉和亨德里克斯礼貌地回绝了邀请,邦德也没有参加。他只是站着和两个受冷落的舞女聊天,看着其他四个男人像狗熊一样搂着那些女人,笨手笨脚地跳舞。趁斯卡拉看着别处的时候,邦德借口去上厕所,溜走了。但是当他逃走的时候,他注意到亨德里克斯一直用冷冰冰的目光盯着他。

邦德回到房间时已经是午夜时分了。服务员已经把房间里的窗户关了,空调也打开了。他把空调关了,半开着窗户,微风来袭,身心感到无比放松,于是洗了澡就躺床上去了。他对于自己刚才耍刀弄剑的蠢事感到后悔,生怕自己会因此惹祸上身,但是事已至此,后悔也于事无补了。想着想着,他就睡着了。梦里,他梦见三个黑衣人,在月光下,抱着一包东西,走向水边。鳄鱼的红眼睛在水中闪闪发亮,它们露出亮白的牙齿,咯咯不停地咀嚼骨头,可怕极了,吓得邦德一下醒了。他看了看手表的夜光指针,凌晨三点半。忽然窗帘后面传来咯咯的声音,就像刚才梦境中鳄鱼咬骨头的声音一样。邦德心头一紧,悄悄地爬下床,从枕头下面拿出枪,贴着墙壁,蹑手蹑脚地踮起脚走到窗帘旁边,一把扯开窗帘。只见玛丽趴在窗子上,惊喜万分又一脸焦急地催促邦德说:"快点!邦德!拉我进来!"

真是活见鬼!邦德愤愤地轻声咒骂了一句。她这是在搞什么鬼?他把枪放在地毯上,伸手拉她,半拉半拽地,就快要把她给扯上了窗台。就在这节骨眼上,她的鞋跟绊着窗子框,窗子嘭地一下被猛地关上,声音巨响无比,就像一声枪响。邦德觉得这女人实在太笨了,又在轻声喋喋暗骂了几句。玛丽带有歉意地小声说:"真抱歉,邦德!"

邦德用手轻轻捂住她的嘴巴,示意让她别说话,他弯腰捡起枪,放回枕头下面,接着带玛丽去浴室。邦德打开灯,为了安全起见,还打开了喷头让水哗哗流,这样谈话内容才不会被偷听。灯一打开,玛丽就目瞪口呆地喘着粗气,邦德这时才意识到自己赤裸着身体。他说:"抱歉,玛丽。"便拿来一条浴巾裹在腰间,坐在浴缸边缘,挥挥手,示意玛丽坐在马桶盖上。他抑制着自己心中怒火,冷漠地问:"深更半夜的,你究竟跑来干什么,玛丽?"

玛丽委屈地回答道:"我实在是万不得已了,无论如何我都要找到你。我从那个姑娘处得知你的消息,呃……就是在那个红灯区工作的那个女人,呃……你知道的。我就来找你了,车子我停得远远的,摸黑走路来这里的。别的房间都开着灯,我还走近听房间里的声音,呃……"她害羞得脸涨得通红,"就知道你不可能在那些房间里面。然后我看到一扇开着的窗户,就知道是你,只有你才会开着窗子睡觉,于是我就冒险敲窗子了。"

"好吧。总之,我们得尽快让你离开这里,这里很危险。那你到底有什么事要说?"

"今天晚上,不对,应该是昨天晚上,总部发来特急电文,指明要不惜一切代价转给你。总部认为你在哈瓦那,说是有一个克格勃的高层人员,叫亨德里克斯,也在这区,就是这个酒店。你最好避开他,虽然是总部打听的小道消息,但是真实可靠——"邦德微笑着,"这个亨德里克斯的其中任务之一就是找到你,额……好吧,还要杀了你。所以,我就把你找斯卡拉与亨德里克斯找你这两件事联系在一起。我一想你之前问我的那些问题和要我帮你做的事,就猜测你肯定是找到了斯卡拉。但是我担心你可能会中埋伏,而你自己却不知道。我的意思是,你找斯卡拉的同时,亨德里克斯也在找你。"

她害怕邦德还在生气,怪她半夜闯进来,所以犹犹豫豫试探性地伸出一只手,似乎希望邦德肯定她的做法。邦德心不在焉地握着她的手,轻轻地拍了拍,脑子里面极速思考着这个突如其来的情况。他说:"亨德里克斯的确在这里,斯卡拉也在这里。而且,玛丽,你的上司罗斯被斯卡拉杀了,在特立尼达被杀害。"玛丽吓得双手捂住嘴巴,邦德继续说,"如果你能安全离开这里,你就把这事向上级报告,就说是我告诉你的。至于亨德里克斯,他的确在酒店,但是他还不知道我的身份,所以暂时问题不大。总部有没有说,亨德里克斯是否了解我的样貌?"

"莫斯科克格勃总部对你的描述就是'臭名昭著的秘密特工,邦德'。但是亨德里克斯觉得这个描述没什么用,所以他在两天前已经向他上司要求提供关于你样貌的详细描述。所以他可能随时会收到克格勃的电文或者是电话,你的处境十分危险。这下你明白我为什么非来不可了吧,邦德?"

"嗯,我知道。谢谢你,玛丽。现在我得把你从窗子弄出去,然后你要想办法离开。别担心我,我相信我能处理好这件事。而且,我这里有帮手。"然后邦德把莱特和尼克松的事告诉了玛丽,"你就告诉总部,你已经把消息传给邦德了。并告诉他们,我和中央情报局的两个人员在这里。这样总部就能直接和中央情报局联系了解情况,明白了吗?"邦德站了起来。

玛丽也站了起来,抬头望着他:"但是你还是得多加小心,好吗?"

"好好好。"邦德轻轻拍拍她的肩膀,关上喷头,打开门,说,

"来吧,愿上帝保佑我们!"

忽然,床头传来轻声细语:"真不幸,上帝今天并不与你们同在,伙计。你们两个过来。把手铐在脖子后面!"

第十一章　火上浇油，乱里添乱

斯卡拉从黑暗中走到门口，打开灯。他打着赤膊，全身只挂了条内裤，枪袋挂在左臂上。斯卡拉一边走，一边举起金枪正对着邦德。

邦德呆呆地看着斯卡拉，万万没有想到斯卡拉竟会在这里出现！他又用余光瞥了一眼门下的那几根树枝，树枝没有被挪动过的迹象，说明斯卡拉不是从房门进来的。而如果没有人帮忙，斯卡拉也绝不可能爬窗而入。那么他到底是怎么进来的呢？紧接着，邦德看见衣柜的门是开着的，隔壁房间的灯从衣柜中射出来。这是最简单的一种暗道，整个一面壁橱就是暗门，隔壁可能就是一个总通讯室。但是从邦德这边却很难看出玄机。

斯卡拉走到房间中央，满眼蔑视地看着他们俩，轻哼了一句："我怎么之前没见过这女人？你一直把她藏哪里呢？还有，你为什么躲浴室里？喜欢在浴室寻欢？"

邦德说："这是我的未婚妻，玛丽，在金斯顿的英国领事馆工作。她发现我去了情人街，在那里打听到我的消息，就来找我告诉我，我的母亲在伦敦摔伤住院了，情况很严重。难道这都不可以吗？还有，你大半夜带着把枪闯到我房间是什么意思？你说话最好给我注意点。"

邦德一股脑胡编乱造出这等故事，心里暗爽，决定趁机把玛丽给弄走。于是，邦德把铐在脑后的手放了下来，对着玛丽说："玛丽，把手放下来吧。斯卡拉先生一定是刚刚听到窗子响，以为有贼进来。你等我一下，我穿下衣服，然后送你回车里。从这里回金斯顿可远着呢。你确定你今晚就要走吗？不留一晚吗？斯卡拉先生一定有房间安排给你的。"邦德转头对斯卡拉说，"斯卡拉先生，房费我会付的。"

玛丽十分配合，乖乖地把手放下来，捡起丢在床上的小包包。打开包，一边拿出梳子娇柔地整理头发，一边柔声细语地说："不用了，亲爱的，我真的该走了。如果我在这里过夜的话，我明天就会迟到了，那我就惹上大麻烦了。领事馆明天中午要请客，总理亚历山大爵士80岁大寿。你知道他这个人的，他总喜欢让我来为他安排事情。"她又妖媚地转向斯卡拉,"明天我可不能出乱子,总共请了十三个客人,亚历山大爵士要我也参加,是不是不可思议?我很受宠若惊。但是今天开通宵车回去,鬼知道明天我会憔悴成什么样子。这里的路也很难走……呃,屎壳郎先生(她故意念错),好啦,事情就是这样了。打扰到你睡觉,我感到十分抱歉!"

说完,她大大方方地朝邦德走去,张开双臂:"亲爱的未婚夫,你现在也赶紧上床休息吧!(谢天谢地她没有喊出'邦德'这两个字,她真是太机灵了!)放心啦,我会小心的!再见,屎……额,屎先生……"

邦德真是为她感到骄傲,表演得太精彩了,绝对可以算是影后级别的演技了。但是斯卡拉也不是蠢瓜蛋子,他一见玛丽站在前面挡住他的枪,便立即往旁边挪了一点,说:"别动,小姐。还有你,也给我站着别动。"玛丽双手自然下垂,一脸惊奇地看着斯卡拉。斯卡拉语气强硬,枪指着两人之间,对邦德说:"那好吧,我这次就暂且相信你。让她从窗户出去,我有话要跟你说。"斯卡拉把枪指着玛丽,"好了,女人,你走吧。不准再乱闯入其他房间,明白?我才不管什么爵士不爵士的,这里还轮不到他来管,这里我说了算,懂不懂?轻点,别再咋咋呼呼的。"

玛丽冷声冷调地说:"很好,我会把你的话如实转告给爵士!我相信他会对你格外关心的,还有牙买加政府也一样!"

玛丽的戏演得有些过头,邦德伸手抓住玛丽的手,示意玛丽点到为止。"好了,玛丽,告诉妈妈,我这里的工作一两天就能结束。等我一回到金斯顿就会打电话问候她。"邦德领着玛丽到窗口,把她弄出去了。玛丽站在窗外,挥了挥手,就从草坪上跑走了。邦德看着玛丽的背影,松了一大口气。他没想到这事就这么顺利地给骗过去了。

他走到床边,一屁股坐在枕头上。摸到屁股下的枪,他感到无比安心。于是他抬头看着斯卡拉,斯卡拉的枪已经收回去了,靠着壁橱,手不时地玩弄着小胡子,好像在打什么坏主意。他说:"英国领事馆,嗯……那里也有很多情报局的特工吧。马克先生,我想,你不会就是那个叫邦德的人吧?你今晚那一枪,又快又准。我记得我在哪本书上看到过关于邦德的介绍,说他是个神枪手。我还知道他现在就在加勒比海区域,还在到处找我,刚好你又枪法这么准,真是有趣的巧合啊!哼?"

邦德不以为然地笑了起来:"我还以为英国情报局在二战后就解散了呢。反正,我是不可能变成你看的书里的那个人了。你明早尽管打电话到佛洛姆那边,去问问那边的管事的人,托尼·海吉尔,查查我身份,看看我究竟是谁。还有,像邦德那种条子怎么可能跑去情人街那种地方鬼混?话说回来了,你到底怎么了,他要到处追着你不放呢?"

斯卡拉一声不吭,注视着邦德沉思了好一会,才说:"也许他想让我给他上一堂枪法课。我倒是很乐意教他。但是有一点你说得很对,邦德这种条子是不会去情人街寻欢的,否则我也不会聘用你。但是这一切都太玄乎了,太巧合了。我可能要重新再捋捋头绪。从一开始我就嗅出你身上有股条子的味道。这个女人是不是你的未婚妻,你自己最清楚。但是在浴室里谈话,这可是老手的做法,特工的做法。除非,你是想扒光她的衣服。"斯卡拉皱了皱眉。

"是,这有问题?你跟那些舞女又干了什么呢?总不会是打麻将吧?"邦德毫不示弱地站了起来,一脸狂躁,"现在,斯卡拉先生,你听好。我受够了你的窝囊气,别再来找碴。你他妈动不动就掏出这把破枪,到处耀武扬威,还满口什么情报局的。怎么?你还想我跪下来磕头认错求饶?好了,伙计,别做梦了,你找错人了。如果你对我干的活不满意,拿钱来,一千美元,我立马就走人。你他妈觉得你算老几?"

斯卡拉装笑,样子实在尴尬:"要不了多久你就知道我想怎么样了。"他耸耸肩说,"行了,今天的事就到此为止了。但是你给我记住,如果你的真名不是马克,我会把你捏碎。懂吗?你现在最好休息一会,明天十点我要跟亨德里克斯先生开会,你在门口守着,我不想有任何人来打扰。然后,我们一起坐火车去海边开派对,你的工作就是把一切给打点妥当。明天一早通知经理这些事,理解吗?就这样,明天见。"斯卡拉说完,钻进壁

The man with the golden gun

橱,然后就消失了。隔壁传来门关上的哐当声。邦德站了起来,长吁一声,捏了把冷汗,终于松了一口气,走进浴室舒舒服服冲了澡。

第二天,邦德跟平时一样六点半准时醒来,这是他多年来养成的习惯。每天一到点,不用闹钟,他就会自动醒来。他穿上泳裤,去海滩游泳。七点一刻,他看见斯卡拉从西边客房出来,后面跟着一个拿着浴巾的服务员,他也要开始做弹床运动了。邦德游上岸,匆匆回房,靠在窗口听声音,确定斯卡拉还在做运动。邦德找到尼克松给他的酒店钥匙,打开对面 20 号房间,飞快地溜进去。他关上了门,但是没有锁。一进门,就看见那把枪在桌子上。邦德要找的就是这玩意,他走过去拿起枪,取出弹膛中的第一颗子弹,然后把枪原封不动地放在原地。邦德轻轻地走到门边,先听听外面动静,确定没有问题之后迅速回到自己房间,跑到窗子旁听动静。是的,斯卡拉还在锻炼。邦德刚才做的事十分不上道,不是一个职业特工该做的。他偷出的那一颗子弹,可以减慢斯卡拉的射击速度,这样邦德才有机会保住性命。他现在都能感觉到子弹穿过骨头的疼痛。邦德心里很清楚,他的假身份很快就会被识破,到时候每个人都会知道他就是邦德。而他就要单枪匹马地对抗六名快枪手。所以,他必须要争分夺秒,争取到一秒钟都是值得的。想到这里,他没有惶惶不安,反而很兴奋。于是他点了一个十分丰盛的早餐，当作是小小的放松。然后，他故意把马桶水箱浮球上的针拔下来，以此为借口通知修理卫生间的服务员，而有机会去经理办公室。

莱特正在值班，他看到邦德进来，浅浅一笑，一本正经地说："早上好，哈泽德先生。我能为您做什么？"莱特的眼睛却盯着邦德身后，还没等邦德答话，亨德里克斯就来了。

邦德回答："早上好。"

亨德里克斯礼貌性地鞠个躬问好，对莱特说："电话接线员说我有一个长途电话，从哈瓦那打来的，重要公事。哪个地方接电话最安全隐秘？"

"先生，你的房间不行吗？"

"不够隐秘。"

邦德猜想亨德里克斯肯定也发现了藏在电话里的微型窃听器了。

莱特很热心地从办公桌后走出来："先生请这边来。大厅电话亭是隔音的，你可以去里面打电话。"

亨德里克斯面无表情地看着莱特，没好气地说："那电话呢？也是隔音的吗？"

莱特装作一副听不懂的样子，一脸疑惑地看着亨德里克斯，恭恭敬敬地说："对不起，我不太明白您的意思。先生，那电话当然是和总机相通的。"

"没什么。请你带我去吧。"亨德里克斯跟着莱特来到大厅的角落,进了电话亭。他小心翼翼地打开门,然后拿起听话筒说话。之后他就站着没说话,看着莱特回去和邦德说话。

"不好意思,您刚才说什么?"

"我的马桶坏了,浮球旋塞好像出了问题。有其他卫生间可以用吗?"其实这是他和莱特约定好的一个暗号,意思是有紧急情况,找个地方谈谈。

"先生,真是抱歉,我马上找人去修。是的,大厅有卫生间。只是装修还没有完工,所以还没有投入使用。但是里面卫生设施都是完好的,暂用一下没问题。"莱特压低声音,接着说,"那里有扇门通往我的办公室。等我十分钟,我先放录音带听听那个坏蛋在说什么。我听到电话接通了,情况不太妙,可能跟你有关系。"说完,莱特微微一鞠躬,对邦德指了指房间中间的那张放了杂志的桌子说,"先生,您不妨坐在那里稍等一会,我立刻为您办好。"

邦德点头道谢,转身走向桌子。电话亭里的亨德里克斯,正在打电话,眼神凶狠地一直盯着邦德。邦德觉得肚皮直发紧,浑身难受。这肯定是克格勃的电话!邦德坐了下来,拿起一份旧报纸,偷偷地在报纸中间抠了一个小洞,然后举了起来,通过洞眼观察亨德里克斯的动静。

亨德里克斯依然直勾勾地看着邦德打电话。忽然他放下电话,出了电话亭,满头大汗。他拿出一块干净的白手帕,擦掉脸上和脖子上的汗水,然后急匆匆地往走廊去。

尼克松从大厅走来,步伐轻盈,对邦德有礼貌地点头,鞠躬,便到柜台后面接替莱特值班。这时是八点半,五分钟过后,莱特从里面办公室出来,对尼克松嘀咕了几句之后,走到邦德面前。莱特的脸色十分难看,情况似乎很糟糕。他对邦德说:"先生,请跟我来吧。"他领着邦德穿过大厅,打开了男厕的门。两人走了进去,锁上门。莱特神色紧张地说:"你有麻烦了。他们说的是俄语,但是老提起你的名字和编号。我看你得离开这里,越快越好,开车走。"

邦德似笑非笑地说:"有备无患,莱特。我早就知道了。亨德里克斯是奉命来抓我的。克格勃总部的头头对我恨之入骨,至于原因我改天再告诉你。"接着邦德告诉了莱特,昨晚玛丽破窗而入的事情。莱特一脸阴沉。最后,邦德说:"所以,现在插翅难逃,想走也没用了。今天十点,斯卡拉和亨德里克斯有个单独会议,我们倒是可以偷偷听他们打算怎么对付我。开完会,他们要坐火车去海边钓鱼。依我看,斯卡拉是想借机去郊外,和我比枪法,这样就能趁机杀了我,还没有目击证人。现在,你和尼克松最好能想个办法,让火车出点状况去不了。剩下的事情,我自己会处理。"

莱特沉思良久,愁眉不展地说:"我知道他们下午的行程。

他们乘小火车过蔗田,去野餐,然后坐船出港钓鱼。他们这路线还是我安排的。"他不由自主地举起左手大拇指,轻轻弹了一下右手上钢钩,忽然灵机一动,"对了,我想到个办法。运气好的话,我们动作快一点,没准能行。我还得赶快到佛洛姆去向你朋友海吉尔要点东西。最好是以你的名义,这样他才肯给我。来,去我办公室写个条子给他,就说你需要。开车去找他只要半个小时,尼克松可以代我班。来!"莱特打开另一侧门,走进办公室,招手叫邦德进来,然后锁上了门。

莱特一边说,邦德一边写给西印度糖业公司经理的纸条,写完又回到洗手间,从洗手间回房了。邦德灌了一大口威士忌,坐在床边,出神地看着窗户,对着一望无际的大海发呆。看上去他像是一只昏昏欲睡的猎犬在追逐灵活的小兔子,手足无措,力不从心。邦德思绪万千,脑子里面想的都是该怎么对付这些人,怎么才能在他们拔枪之前快速拔枪把他们都干掉。

时间一点一滴过去,邦德仍然坐在床边苦思冥想,偶尔拿出烟抽,抽到一半又鬼使神差地在烟灰缸里掐灭。邦德想得入神,神情也十分紧张严肃,左太阳穴的脉搏跳得飞快,嘴巴紧张得扭成一团,但是沉思的蓝眼睛空洞无神,看起来好像要睡着了。邦德以前做任务,从来都不会猜想自己任务失败而死去的模样,但是现在,他分明能感觉到子弹撕碎身体,然后他瘫倒在地,双唇抽搐。这些只是他想的种种事情的一部分。他想这些让人后怕的事情也不是空穴来风,毕竟斯卡拉的枪早已为他上膛了。

邦德深深地长叹一声,回过神来,看了看手表,已经九点五十分了。他站了起来,两手揉揉搓搓脸颊,清醒清醒,然后出门,沿着走廊走向会议室。

第十二章　死期将至

会议室的摆设原封不动,邦德之前看的旅游小手册还是放在吧台原来的位置。他走进会议室,会议室比之前干净整洁了一些。斯卡拉肯定是吩咐过不让任何人进入,所以桌椅摆设都没怎么变动。椅子都还在原来的位置,只是没有摆放整齐,烟灰缸里面还有烟头。地毯上没有血迹,也没有被清洗过的迹象。可能是斯卡拉一枪命中了洛克逊心脏。斯卡拉软头子弹的杀伤力一定是致命的,而且子弹的碎片留在体内,没有穿透身体,所以自然就没有血流出来了。邦德绕着桌子走,假装是在把椅子摆整齐。他断定洛克逊的座位一定在斯卡拉对面,因为斯卡拉座位对面的那椅子缺了一条腿。他一丝不苟地检查窗户，又拉开窗帘看了看后面，认认真真做斯卡拉交给他的工作。不一会儿，亨德里克斯跟着斯卡拉后面进来了。斯卡拉说："好了，马克先生。像昨天一样把两道门都给锁上，不准任何人进来，知道吗？"

"好的！"邦德一边回答，一边走，与亨德里克斯擦肩而过时，他精神十分抖擞地说，"早上好，亨德里克斯先生。昨晚玩得还开心吗？"

亨德里克斯像往常一样浅浅一鞠，什么也没说，眼睛鼓得像青蛙一样。

邦德便走出去，锁上门，搬椅子坐下，又用香槟杯开始偷听。门一关上，亨德里克斯就开始着急说话，语速很快，发音却很别扭，非常不地道。"斯卡拉先生，我要告诉你一个坏消息。我的上司告诉我，这个男人——"亨德里克斯此时肯定手指着门外的邦德，"这个人就是英国情报员邦德，百分之百是他。我的上司还告诉了我邦德的详细外貌特征。今早趁他去游泳的时候，我用望远镜偷看了他的身体，他身上的疤痕都清晰可见，与我上司的描述一模一样。还有那右脸上的疤痕，也完全吻合。另外，他昨晚那一枪，完全暴露他自己了！他还扬扬自得呢！要是我手下的人做出这么愚蠢的事，我当场就会给他致命一枪。"亨德里克斯恶狠狠地说完这番话，恨不得要把邦德碎尸万片。

说到这里,他停顿了一下,语调稍变,继续对斯卡拉说:"但是,斯卡拉先生,话说回来,这到底是怎么一回事?你怎么能引狼入室呢?我的上司对你犯的这个低级错误感到十分恼火。如果不是他们明察秋毫的话,这家伙肯定会把这里闹得人仰马翻。你解释一下吧,斯卡拉先生,我要做详细报告。你怎么认识邦德的?你居然还把他带进我们组织里,你到底是怎么想的?请做个详细说明。要是我对敌人如此放松警惕,缺乏警戒,我的上司肯定把我痛斥一顿。"

这时,邦德听见了划火柴的声音,他可以想象到斯卡拉抽烟的那副样子。只听见斯卡拉声音十分冷静坚定:"亨德里克斯先生,很感谢你对此事的关心,也很感谢你们带来的信息。但是请你转告你的上司,我和这个人相识完全是场意外。至少我觉得在当时的情况下是这样的,现在说这件事也毫无意义了。这次会议要解决的事情很多,我需要人帮忙。为了正常运营这个酒店,我特地从美国请来两个经理。他们都干得不错,对吧?但是我真正需要的是一个私人助理,帮我整顿好日常事务,这样我就不用在琐事上浪费时间了。当时,我就无意中碰到了这个家伙,刚好他又正合我胃口,所以就带他来了。但是我也不是傻子。那天浴室的事情发生后,我就知道我不能留他了,以免他把不该说的事给说出去。现在你说,他是英国情报局的特工。我从来不把这些个什么狗屁特工放在眼里,刚才你说的那些话,只是让我原本打算明天杀掉他的计划提前到了今天而已!也就是说,阎王叫他三更死,不得留人到五更,所以把他死刑提前至今日!我是这么打算的……"话说到这里,斯卡拉压低嗓门,声音变小,邦德就只能断断续续听到些只言片语。但是就单单是这些只言片语就让邦德吓得一身冷汗。汗从耳朵一直流到杯底,邦德把耳朵贴得更紧了。只听见里面传来断断续续的声音:"我们的火车……蔗田里的老鼠……不幸的意外……在我动手之前……感到震惊……细节我自己安排……你肯定会捧腹大笑的!"斯卡拉一定是又坐回去了,声音恢复正常了。"所以你就不必担心了。这个人今晚就会从世界上销声匿迹,可以吧?我可以现在就开门一枪了结他。但是,上次处理洛克逊说这里保险丝坏了,现在若是再在这里杀邦德,那保险丝又得坏了。短短两天,保险丝频繁坏两次,旁人肯定会议论纷纷,这不太好。而且,我刚刚说的那个办法,大家就高枕无忧了,还能开开心心野餐!"

亨德里克斯似乎对斯卡拉的这个计划没多大兴趣,总之,他已经下达了自己的命令,怎么执行就是看斯卡拉的了,邦德是必死无疑的,而且刻不容缓。他语气平平地说:"是的,这个方法不错。我会很乐意看着你执行任务的整个过程。现在我们谈谈另一件事,橙色计划。我的上司很想知道这个计划的整个安排进展情况。"

"是的,所有的事都已经安排妥当。雷诺兹金属、恺撒铝土矿和牙买加氧化铝都弄好了。但是这些都——那叫什么来着?——哦对!易挥发!所以必须每五年重置一次。嘿,"只听见一声干咳,"要是我看到鼓上面贴着非洲语言和英语版的使用方法介绍,我肯定会笑得肚子疼。你准备好了迎接这个黑人大暴动吗?那天来临之前你可得提醒我,我可还有好多存款在华尔街呢。"

"看来你要损失一大笔财产了。"亨德里克斯淡淡地回应,"我应该不会告诉你日子,我在那里没存款,我不在乎。你最好把你的钱换成金子、钻石或者是限量版邮票。好了,下面一件事。我的上司想控制毒品,想把大麻运进美国。你有这些毒品的供应源,你现在拿货是以磅来计算,我想知道你有没有可能让供应商增大供应量,以英担计算行不行?你要是能做成功的话,你就是这块的老大了。到时候我会安排我朋友去接应。"

斯卡拉沉思了一会,没有说话。邦德猜测他肯定在抽雪茄。斯卡拉说:"这个主意不错,我们肯定能大有作为。但是,牙买加前不久才颁发了禁毒的法律,违法可是要坐牢的。所以毒品价格才突然之间飞涨。今天就已经上涨到16镑一盎司,要命!一英担毒品的话怎么着也得花个上万镑。而且一次要太多也不行,我的船一次最多只能装个一英担吧。好吧,要运到哪里?你找到我做这事算是找对了人,要知道现在一两磅的毒品都难买!"

"他们没告诉我运到哪里,我猜一定是运去美国。我印象中美国是毒品消费最大的国家。美国那边的交接工作已经安排妥当了,其他的毒品就运到乔治亚州。我得知接货的地方都是小岛屿和沼泽地,而且美国那边的瘾君子已经急不可待了。这都是小钱,不值一提。我大概估算能净赚100万美元,你还是拿10%。你可有兴趣?"

"我对钱一直都很有兴趣,我会去联系供应商。他们的种植地比较远,这得花点时间。大概两周后吧,我给你报价。一英担对吧?按船上交货价,可以吗?"

"最好日期也定下来。没什么事情是不能坦诚公布的,对吧?"

"当然,当然!现在,可以说下一个事情了?好吧,我想说一些关于赌场的事情,政府对这块地非常感兴趣,他们想用这块地发展旅游经济,所以就气势汹汹地采取政策给娱乐行业施压,逼他们退出。但是之前政府没有摸清帕尔戴斯这些人的底细,不知道他们的厉害,导致行贿基金出现财政赤字,花了太多冤枉钱。我想他们一定有个对外的公关部门。牙买加地区面积小,所以我猜测那些贩毒组织想通过牙买加在暗地里干这些勾当,就像他们在拿骚(地名)做的那样。但是,他们没有想到,敌对党比他们更聪明。还有当地的教会组织,牙买加当地的黑手党,旧势力科萨·诺斯特拉(美国黑手党活动于牙买加的一个秘密犯罪组织)以及其他乱七八糟组织尽找碴,所以政府就竹篮打水一场空,失败了。还记得我们几年前提的那个事吗?当时帕尔戴斯他们几个人都想大捞油水,几百万美元呢。你当时反对我的意见,还给了充分的理由,所以,我们就没做了。但是现在,事情改变了。政权更迭,去年旅游业不太景气。后来有个政府大臣找上门,跟我说,要发生大变动了,他们要摆脱英国,搞独立了。他还说牙买加也会加入这场革命,反正话听起来挺诱惑人。接着他还说,他能帮我们把这边的赌场弄垮,还跟我说了怎么弄。我听着觉得确实行得通。所以,之前我同意你的意见,不参与这事,现在,我决定加入,但是这得花不少钱。我们每个人要投 10 万美元,用来支援他们。迈阿密到时会操纵这一切,授予我们管辖权。他们会帮我们申请5%的利润,是出自总收入的5%!明白了吧?但是他们也不傻,就算是在总收入给我们5%,我们的资金回转期也要十八个月。过了这阶段,到时候我们就坐着数钱了。理解了吗?但是,你的……呃,朋友们,好像对这种事不怎么上心。呃,资本主义企业啊。你怎么看?你朋友会不会有兴趣,愿不愿出钱?我可不希望我们就这么眼睁睁地看着一块大肥肉被狗叼走了!这次可是能大赚一笔!另外,昨天洛克逊死了,我们就少了一个股东,现在我们得好好想想这件事,去哪找个人凑齐七个人。"

邦德拿下了偷听的杯子，用手帕擦了擦耳朵和杯底的汗液。他觉得实在是难以忍受，听不下去了。他听到斯卡拉已经决定动手，这就相当于宣判自己的死刑。他更弄清楚了克格勃、斯卡拉和加勒比政权之间的勾当：不仅要把大量毒品偷运进美国，还要称霸博彩业。这些都是非常重要的机密，邦德全听到了！但是他能活着把这个机密带回总部吗？邦德想到这里就觉得难以呼吸，真想喝杯酒解愁！擦完汗之后，他又继续把耳朵贴在杯底听。

这会儿，房间里面十分安静，没有声音。过了一会，才听见亨德里克斯犹豫不决又十分小心谨慎地回答："我跟我总部那边商量商量再告诉你，行吧？"从他说的话可以推断出，显然他是想说：我同意。

亨德里克斯接着说："斯卡拉先生，这笔钱可没这么好赚吧？我的上司，他们对赚钱这种事不感兴趣。但是，他们对与政党有关的事非常有兴致。他们之前就要求我要和你们同进退，所以这个事不是问题。但是我怎么解释在牙买加开赌场这事？这才是我现在考虑的问题。"

"那到时候肯定会引起很多麻烦。当地人十分爱赌，他们都是嗜赌如命的人。那肯定会发生很多意外，那些粗人闹事的话，会有政党的人来解决。这样一来，钱就挣得快多了，到时候就等着闭着眼睛数钱了！这个酒店的氛围太他妈平静萧条了！

到时候好好整顿整顿！这是你们想要的，对吧？一个个解决嘛，对吧？"

又是一阵沉默。亨德里克斯显然不喜欢这个主意。但是他没有直说，而是拐弯抹角地说："斯卡拉先生，你说的这些，都很有意思。但是，你不觉得你所谓的这些麻烦会损害我们组织的利益吗？无论怎样，我都会立马向上面报告这件事，上面一有回复，我就会告知你。眼前的新问题就是，怎么凑齐七个人。你有没有合适的人选？"

"我认为我们最好选来自南非的人，我们得派个人去英属圭亚那监督。在对待委内瑞拉的事上，我们得学着更精明、更聪明点。怎么能让这件事一直阻止我们大步向前的步伐呢？对吧？就像抢劫那样，威胁这些汽油公司付款，然后继续以收保护费的形式收他们的钱。如果毒品这件事进展顺利的话，我们肯定要个人在墨西哥内外接应。那墨西哥的阿罗肖怎么样？"

"我不认识这个人。"

"罗西？哦！他是个厉害人物！掌管交通运输系统，偷运毒品和妓女到洛杉矶，从来没被抓到过。这个人很可靠，没有同盟。你的上司应该知道他，你可以跟你上司商量一下，决定了之后我们就告诉其他股东。只要我们说行，他们没人敢反对。"

"可以。斯卡拉先生,你的上司有没有说什么?他之前到访莫斯科,我看出他对你在这块的工作十分满意。他和我们之间的亲密合作关系是十分重要的。而且,我们双方的上司都希望,以后能和黑手党联盟。对这一点,我是持怀疑态度的。格盖拉先生对我们是十分有价值的,这点毋庸置疑。但是我个人觉得这些黑手党派只对钱感兴趣,不知道能不能信得过。你有什么想法?"

"你说得对。我上司也这样认为,这些黑手党眼里只有自己的利益,他们一直都是这样,不会变。我的上司没有指望过美国,实际上这些黑社会也拿这些反古巴派没办法。但是我上司认为,通过给他们一些零活做,我们就能在加勒比海区域达到之前预期的目的。如果你们的人,把这些黑手党当作运输毒品的工具来使用,那这个方法就十分奏效,他们肯定会卖力做的,到时候就不怕控制不了他们。而且,他们还会想着法子给你多赚钱,到时候就不光是几百美元了。当然了,他们肯定要拿九成。这可不是一笔小数目,他们拿到这些钱,就会像跟屁虫一样听你的话了。这个法子你觉得怎么样?这样一来,格盖拉回去也好有个交代。至于我的上司,他应该会同意的。弗洛拉因这次飓风事件损失惨重,但是多亏了美国暗地里支援古巴的新执政人(卡特罗斯)上台,古巴又重新凝聚起来了。如果美国之前没有对古巴进行和平演变的话,说不定关系还能更进一

The man with the golden gun

步，这些都要卡特罗斯来维护了。我很少跟他见面，他不怎么过问我的事情，我猜他是想撇开我，擦干净屁股。但是我还有其他靠山，别担心。好了，我们去看看事情都准备好了没有，已经十一点三十了，该出发了。十二点就去祁岛港。今天将是有趣的一天！真可惜，我们的上司看不到邦德这个英国佬可怜的死相！"

"哈！"亨德里克斯冷笑了一声，不知是自信还是嘲讽。

邦德立马搬开椅子，规规矩矩地坐好。斯卡拉打开门。邦德一边打哈欠一边抬头看着斯卡拉。斯卡拉和亨德里克斯都看着他，脸上的表情十分古怪，像是看到猎物一样。如果邦德是一块牛排，他们的眼神就似乎是吃货在考虑把这块牛排做得生一点呢，还是熟一点。

第十三章　千钧一发

中午十二点，所有人都会集在大厅了。斯卡拉头上戴了顶阔边的白帽子，看上去像一个穿戴很讲究又聪明的美国南部农场主。而亨德里克斯呢，仍然是穿着呆板的西装，只是头上多了一顶毡帽。邦德之前还以为他会戴羔皮手套和一把雨伞呢。四个黑社会头头则穿着花花绿绿的短袖衫、松垮的长裤。邦德心里暗喜，要是他们都带了枪，穿这种衣服拔枪就很不方便。这样一来，邦德就能争取到一些时间。车子已经停在外面了，斯卡拉的那辆蓝鸟停在最前面。这时，斯卡拉走到大厅的柜台。尼克松搓着手，一脸谄媚的样子迎上去。斯卡拉说："都安排好了？东西都装上火车了？祁岛港那边打过招呼了吗？"尼克松连连点头。"很好。你那个伙计呢？特拉维斯呢？今天一整天都没看见他。"

尼克松认真地回答："老板,特拉维斯牙痛,所以去萨方拉马拔牙去了,今天下午就会回来了。"

"哦,真糟糕。扣他半天工资。在这里可不能偷懒,本来人手就不够。他应该把牙齿弄好再来这里上班的,明白吗？"

"是,斯卡拉先生,我会把您的意思转达给他的。"

斯卡拉点点头,转身对这群人说："好了,大家听好了。我们的活动流程是这样安排的,先开一英里的车到火车站,然后上火车。我那火车样式很不错,是由一个著名的工程师根据以前美国南方火车的样子仿造改装而成的。然后,我们会坐火车经过蔗田,大概二十英里路就到港口了。沿途可以看到很多鸟,各种鼠类,还有河里的鳄鱼。顺便还能打打猎,你们尽情开枪。你们都带枪了吧？很好！到了港口之后呢,就吃午饭,开香槟。这些姑娘和乐队会跟随我们一起去,让我们玩得更开心。午饭过后我们就乘游艇去对岸的一个小镇,顺便在那里吃晚餐。不想钓鱼的,可以在船上玩牌,最后回来酒店痛饮一番,可以吗？大家都对这个安排满意吗？有什么意见吗？"众人摇摇头。"那我们动身吧！"斯卡拉说。

斯卡拉盼咐邦德坐他的车的后座。斯卡拉又是坐在他前面,这又是一次可以从背后干掉斯卡拉的好机会,现在不干掉他还待何时？但是，这里很空旷，而且后面还有五名快枪手跟着，形势对邦德并不利。邦德心里在想，斯卡拉到底想怎样干掉自己呢？可能是趁着打猎的时候，趁乱开枪吧！邦德暗自在心里笑，这可真令人兴奋。不用整天提心吊胆等待时机了，总算要最后摊牌了，也不用想理由来解释事情了。邦德也不知道自己胜算多大，只能赌一把。他已经追查斯卡拉一个多半月了。今天一结束，什么事情就都有结果了。要么赢，要么输。胜算概率，呵，很悬！他目前的优势，只是知道接下来会发生的事情，但是不知道时间、地点和方式。而敌人呢，他们的优势在于人多！而且光对付斯卡拉一个人就够呛了。除此之外，从武器来看，他们的武器也更有优势。虽然斯卡拉0.45口径的金枪拔出速度略慢，但是枪管的长度则可以弥补，它的准确程度要优于邦德的华尔特自动手枪，至于命中率还未知。不过邦德有一个优势，他之前在斯卡拉的金枪上做了点手脚，所以斯卡拉的第一枪打不出子弹。如果斯卡拉没发现这个的话，那邦德就有额外时间对付其他人了。至于心理准备，估计双方都已经在心里有了个打算。斯卡拉在明，邦德在暗，这点让邦德感到热血澎湃。只是他处于被动，心里要时刻提防，还得警惕留神，所以必须沉着冷静。在射杀欲望这点，邦德应该比斯卡拉要激烈，毕竟邦德只有杀了他们才能活下来，是为了活命。而斯卡拉纯粹是为了找乐子，取悦自己，

The man with the golden gun

在其他人面前炫耀自己的枪技。邦德越想越激动，他告诉自己一定要助长斯卡拉的威风，让他放松警惕，更加得意忘形。他得继续装傻充愣，才有机会取胜。邦德此刻已经沸腾了，脉搏跳动十分急促，自己都能感觉到扑通扑通……他深呼吸，尽量让自己放松。他发现自己的身子挺得笔直，于是将身子往后靠，尽量放松身体。邦德全身上下都松弛了下来，除了右手。右手是时刻准备拔枪的，这可放松不得。右手放在大腿，时不时地会微微抽搐，就像昏昏欲睡的狗伸着爪子抓兔子那样。

接着，他把手放进衣服口袋，脑子又开始胡思乱想，把这想成一场动物之间的猎杀游戏。他自己就是正在捕猎的红头美洲鹫。正是因为他和斯卡拉旗鼓相当，才让他万分期待这场角逐。而邦德与红头美洲鹫不同的是，没有人会在背后趁其不备而偷袭红头美洲鹫，而邦德则要时刻担心飞来的子弹。邦德被自己的想象力逗笑了，右手从口袋里拿出一根烟来抽，思绪也慢慢地冷静下来。

很快，邦德就看到了火车站。

火车站也是模仿美国开荒时代的发达城市的火车站建造的，装饰得格外气派又古色古香。"雷鸟酒店"这四个大字，是用古老的字体写上去的，古韵犹存。上面写着一些小广告和标语，诸如"未经允许，不得入内"之类。火车头被漆成了黑色，锃光瓦亮的黄铜在阳光下显得金光闪闪。车头的烟囱冒起一缕缕黑烟,就像是它在喘粗气一样。

在火车头的侧面挂着一块闪闪发亮的铜牌,上面刻着这列火车的名字:独孤求败。车头后面只有一列车厢,而且是敞篷式的,泡沫橡胶座位。另有帆布帐篷伞用以遮阳。然后就是刹车,也是黑黄两色相间。在刹车手柄旁边有一张靠椅,椅子的扶手是镀金的。这的确是一列很精致的火车,即使款式老旧,但也正是这种复古风格让人眼前一亮。

斯卡拉兴高采烈冲着那些人说:"朋友们,火车汽笛一响,咱们就上去!"说完斯卡拉拔出金枪,举向天空,对着天空开枪。邦德看到这里,心都凉了。空枪!斯卡拉皱了皱眉头,迟疑了一下,又开了一枪。沉闷的枪声响彻天空,回音在火车站里迟迟不散。穿着复古列车员制服的火车站管理员,被这一枪吓到了,眼神慌乱,紧张不安。他急忙把表放回口袋里,放下绿色的旗子,往后退。斯卡拉正在仔细检查枪,然后又若有所思地看着邦德,说:"好了,朋友,现在,你到前面去跟司机坐吧。"

邦德笑逐颜开地回答道:"多谢。我从小就想坐火车头,肯定很好玩!"

"但愿你玩得愉快。"斯卡拉说完,掉头转向其他人,接着说,"你,亨德里克斯先生,请坐在车厢后面的第一张椅子上吧。

The man with the golden gun

然后是山姆和勒罗伊、哈尔、路易,按顺序来。我坐最后面,刹车手柄旁边,那个位置视角最好。好了!大家没问题的话,那就入座吧。"

等大家都坐好了以后,车站管理员已经回过神来继续工作了。眼看大家都准备就绪,他看了看表,时间差不多了,便挥动手里的小绿旗,示意火车可以启动了。随着火车汽笛的一声长鸣,车头便开始呜呜地冒着烟,火车开动了,速度慢慢加快。

邦德看了一下速度仪表,上面显示着每小时二十英里。邦德现在才注意到司机长得很像那些可恶的拉斯特法里教徒,穿着邋遢的工作服,额头上绑了条布吸汗。胡须长得毛茸茸,胡子又长又粗,嘴里歪歪地叼着一根烟。全身上下都散发着一股臭味。邦德友好地说:"我叫马克·哈泽德。你呢?"

"少说废话,白鬼!"

意思就是让邦德闭嘴,而且"白鬼"这个称呼包含对白种肤色的人的一种歧视。

邦德并没有因为这句话就生气,依旧语气平静地说:"我还以为你们宗教信条之一就是友好呢。"

司机没有理睬,而是拉了一声汽笛。等汽笛声响过后,他才说了声"呸"。接着他就踢开炉门,大铲大铲地往炉子里添煤。

邦德偷偷朝车厢四周扫了一眼,那人手边的架子上放了一把长长的牙买加弯刀,刀磨得铮亮,看得出十分锋利,估计一刀就能要人命。他打算拿这把刀干吗呢?杀邦德吗?邦德对此表示怀疑,他觉得斯卡拉不是这样的人。斯卡拉要杀他的话,一定会用枪,而且会当着众人的面杀,也可能是亨德里克斯动手杀邦德。邦德向后面车厢望去,正好与亨德里克斯四眼相对。亨德里克斯十分冷漠,而邦德大声地朝后喊:"真好玩啊!"亨德里克斯看了一眼别处,回过神来,什么也没说。邦德弯下腰来看篷子里的其他人在干什么。他们都面无表情地坐着,目光一致地盯着邦德。邦德高兴地向他们挥手打招呼,却没有一个人回应。他们肯定知道邦德的身份了。斯卡拉肯定告诉他们,邦德是间谍,而且今天就会干掉他,这将是他的最后一程。用他们黑道上的话来说,邦德必须死。邦德被他们看得全身发麻,心里怵得慌。十只眼睛,就像是十个枪口正指着他。邦德挺了挺身子坐直,将视线转移到斯卡拉身上。斯卡拉坐得高高的,以至于邦德能把他从头看到尾,两人也就差个二十步远。这时,斯卡拉也正在向邦德这边张望。这感觉就像是,他们那一群人都是送葬队伍,而邦德正是他们要下葬的尸体……邦德故作开心地朝他挥了挥手,便转身向前。他心里五味杂陈,便解开外衣纽扣,摸摸那冰冷的枪来定定神、安安心,接着又摸摸裤子口袋,还有三排子弹。他会尽量把这些子弹都用完的。他紧紧地往座位后面靠,这样一来,就能用椅背保护着,至少他们

The man with the golden gun

在后面暗算不到邦德。司机把抽完的烟头扔出车外，又点上了一根。火车现在自己在往前开，司机就靠在车厢的墙上发呆，眼神空洞。

之前玛丽给邦德的那张地图，邦德仔细研究过。他很清楚这条路要通往哪里。首先，是一段长达五英里的蔗田，也就是他们现在正在路过的这片绿油油的蔗田。接着就要过一条河，过完河便是一大片沼泽地，接着是通往橘子湾的橘子洲，再是夹杂着蔗田的树林和农田，最后到达祁岛港。

列车前方一百码处横空飞出一只火鸡，扑腾了几下，乘风高飞而去。紧接着就传来一声枪响，是斯卡拉开的枪，打中了鸟翅膀，一根羽毛飘飘落地。火鸡歪了一下，飞得更高了。第二枪紧跟着，击中，鸟抽搐了一下，便扑腾着从空中掉下来。第三枪紧随其后，它又抽搐一下，掉进蔗田。黄色帐篷下面，传来一阵热烈的掌声。邦德弯下身子对斯卡拉大喊："喂，杀火鸡要罚五英镑！你可以杀红头美洲鹫。"邦德前不久还把自己想成和斯卡拉角逐的红头美洲鹫，现在说这句话，自己也觉得荒唐！

突然，咻的一声，一颗子弹从邦德头顶擦过。斯卡拉哈哈大笑："不好意思啊！我还以为是只老鼠！"接着说，"来呀，马克先生。让我们看看你的枪技啊。那边有几头牛，看看你能不能在十步之内打中一头！"

那些人都起哄，哄堂大笑。邦德再次把头伸出去，看见斯卡拉的枪放在膝盖上面。他余光看到坐在自己后面约十米远的亨德里克斯,右手伸进了口袋,很有可能已经握枪在手。邦德叫道:"我从来不打我不吃的猎物。如果你能吃得下整头牛,我就打给你!"

金枪在空中一闪,又是一枪,邦德连忙把头缩回煤箱后面。斯卡拉看到邦德这副狼狈的样子,笑得龇牙咧嘴。"说话给我小心点,英国佬!否则你嘴巴都别想要了!"其他人又是一阵哈哈大笑。

邦德身边的司机咒骂了一声,用力一拉汽笛。邦德看着铁路,远处,有一团粉色东西横在铁路中间。司机仍然拉着汽笛,扳下另一根手柄杆。蒸汽已放尽,火车渐渐慢下来。立马传来两声枪鸣,子弹正中司机头上戴着的铁头盔。斯卡拉大怒:"他妈的!给老子加速!"

司机赶忙压下加速杆,火车又突突地飞奔起来,速度回到每小时二十英里。他耸耸肩,瞥了一眼邦德,舔了舔嘴唇:"前面躺着一个白种女人,可能是老板讨厌的朋友。"

邦德伸直脖子、瞪大眼睛往前看。没错,就是一个女人!一个金发、赤裸裸的女人!

风中传来斯卡拉的声音:"伙计们,给你们一个惊喜!这可是在老美国西部电影里面才会出现的镜头!你们看,前面的铁路上面绑了个裸女!你们知道这女的是谁吗?她就是大名鼎鼎的特工邦德的女朋友！她叫玛丽，我看她现在应该叫'妈呀'！看来她必死无疑了。要是那个叫邦德的家伙在车上的话，一定会可怜巴巴地来求饶的！"

第十四章　救命沼泽

邦德一跃而起，一把夺过减速杆，拼命压到底。火车前头喷出一团蒸汽，火车开始减速，但是现在距玛丽只有一百码了。唯一能救出她的机会，就是拉下后车厢的刹车杆，可是斯卡拉就站在旁边！旁边的司机已经手握弯刀，炉子里的火映在刀上，十分耀眼。他往后退了两步，双眼死死瞪着邦德手里的枪，难掩内心的恐惧。现在的邦德如同困兽一般，自身都难保。现在谁也没法救玛丽了！邦德知道，斯卡拉肯定会以为他要往油箱右边跳去看玛丽，所以他偏偏突然跳向左边。这时，亨德里克斯已经拔出手枪，还没等他扣动扳机，邦德就抓住时机朝他两眼之间放了一枪。嘭！亨德里克斯的脑袋朝后一倒，片刻，

The man with the golden gun

他就咧着大嘴,倒地而亡。斯卡拉一看情形不对,连发两枪,一枪正中司机喉咙。司机撕心裂肺地大叫,抓着自己的喉咙倒地,手还紧握着汽笛拉杆。火车哀鸣连连,还在往前跑。只剩下五十码了!那绝望的金发在风中凄惨地飘舞,遮住整个脸。现在连绑在手腕和脚踝上的绳子都清晰可见。玛丽的胸部上下起伏地十分厉害,可见她心里有多么害怕了!邦德咬紧牙关,强迫自己不去想火车碾过她身体的画面!他又向左跳,连开三枪。他以为自己打中了两枪,但是突然又觉得左边肩膀被什么东西猛地打了一下。他没能支撑住,在原地打了个转,就扑倒在地,脸擦在踏脚板边缘。就在这时,邦德眼看着火车碾过玛丽的身体。瞬间,脑袋掉了下来,蓝色的眼珠还直勾勾、哀怨地瞪了他一眼。邦德忽然觉悟过来,那不过是一具假人!火车碾过去,粉色的塑胶被碾成碎片,四处飞溅,散落一路。

　　邦德看得恶心,直反胃想吐。他踉踉跄跄地爬起来,猫着腰,把加速杆往上压,让火车继续跑起来。如果火车停下来,那么对他更加不利。这时,他也顾不上左肩的疼痛了,快速闪到煤箱左边。突然,四枪齐响。邦德猛地把头缩回来。现在,那四个人也开枪了,但是由于帐篷挡住了视线,一个都没有打准。邦德本来都不用躲,眼看着他们打偏,那是多么壮观的一幕!在后车厢刹车拉杆旁边,斯卡拉已经离开他的宝座,满脸痛苦地跪在地上,头使劲地左摇右摆,像是一只受伤的野兽。邦德搞不懂,自己他妈的到底射中了斯卡拉没有?!现在该怎么办!要怎么才能对付这四个大恶人?他们虽然不易瞄准邦德,但是邦德要想瞄准也很困难,这可怎么办是好!

接着火车后面传来一阵声音,应该是从司闸车厢里传来的。邦德侧耳一听,是莱特!只听见他在汽笛的嘶鸣声中大声呵斥:"你们四个,把枪扔出去!现在!马上!"又是一声枪响,"我说了快点!否则都跟格盖拉先生一样去见造物主吧!好了,现在把手放到脑后。对,就是这样!很好!好了,邦德,战斗已经结束了,你没事吧?要是没事的话就赶快出来,还有最后一遭,我们得抓紧时间!快点!"

邦德慢慢站起来,简直让人难以置信!莱特一定是躲在司闸车厢后面的机件箱里。他一直没有出来,肯定是因为担心邦德开枪误伤自己!是的!就是他!他那金色头发在风中凌乱,左手握着一把长管手枪,搁在右手的钢钩上,一只脚踏在斯卡拉身上。这时,邦德才感觉到左肩那要命的疼痛,他松了一口大气,大骂:"妈的!莱特!浑蛋。你他妈怎么不早点出来?我差点就挂了!"

莱特哈哈大笑:"今天可不是你的死期!听好了,伙计,准备跳车。你待得越久,回家的路就越长。我还要待一会,陪陪这几个家伙,把他们交给祁岛港的警察。"莱特摇了摇头,示意邦德,自己说的是假话,骗骗这几个人而已,"现在跳。这里是沼泽,地面很软,虽然有点臭,但是回家多喷点古龙香水就好了!快跳吧!"

火车还在往前跑,这时转了个小弯,火车轮发出的声音愈来愈响。邦德抬头往前看,远远地就看到橙桥,像布满了蜘蛛网一样。这列火车已经快要报废了,速度表上显示每小时十九英里。邦德又低头看看死去的司机,死相和生前一样丑陋,不堪入目!肯定是小时候啃多了甘蔗,长了一口坏牙,都露在嘴巴外面,十分狰狞。邦德又匆匆看了一眼帐篷下面的亨德里克斯的尸体,随着火车一颠一晃,脸颊两侧挂着的汗珠闪闪发亮。他那副冷漠的样子,即便是死了,也不会让人觉得同情!

亨德里克斯座位后面坐着的格盖拉也死了,头上中了一弹,整张脸已经面目全非。剩下三个人惊魂未定地盯着邦德,他们万万没有想到事情会变成这样。这本应该是一个愉快的假期,还穿了沙滩裤呢!"不败神话"斯卡拉就是这样告诉他们的,这可是一个假日!

几分钟前,他们还有斯卡拉的金枪这个坚强的后盾。现在,转眼之间,物是人非,风水轮流转啊!古人曾说:赤脚空拳行天下。之前他们还个个带着枪,现在别说赤脚空拳了,被后面莱特的枪指着,都不敢动弹。而现在火车正驶向一个他们从来没有听过的地方。火车汽笛不断地哀叫,太阳毒辣辣地暴晒着,沼泽的恶臭味还迎面扑来。

这个"旅游团"的带队人已经被镇压了,还死了两个人,枪也没了。他们一个个都像无头苍蝇,吓得魂飞魄散,脸绷得紧紧的,可怜巴巴地看着邦德。帕尔戴斯用嘶哑的声音,颤抖地说:"100万,朋友,放我们一条生路。以我老妈起誓,我给你100万!"

听到这里,比尼恩和加劳克尔眼睛一亮,仿佛看到了生存下去的希望。

"我也给你100万!"

"我也出100万,以我刚出世儿子的脑袋发誓!"

莱特一声怒吼:"快跳!妈的!邦德,快跳!"

邦德挺直腰杆,不再听那几个人苦苦哀求。这些人刚刚还想看斯卡拉怎么杀死自己,甚至还准备想亲自杀掉邦德。他们每个人都杀了多少人?这恐怕得用计算器来算了!邦德走下车头的小楼梯,看准时机,纵身一跃,跳进了臭乎乎的沼泽地。

立刻,大串的气泡从他身下冒起,然后自然破开,发出致命的臭气……连旁边的鸟都被熏得尖叫了一声,拍打着翅膀飞进树林。邦德艰难地从沼泽地里爬出来,坐在岸边。现在他的肩膀真是疼得要命,他跪了下来,像只可怜的病猫一样。

当他抬头的时候,刚好看见莱特在两百码远的地方,从后车厢跳下来。他的落地点似乎选得不太好,半天没能站起来。而现在,离橙桥就几十码了,只见一个人跳下火车,窜入了树

The man with the golden gun

林。那人身材高大,穿着棕色的衣服。毫无疑问,那就是斯卡拉!邦德用尽全身力气来咒骂莱特,怎么不给斯卡拉脑袋来一枪?现在好了,搞半天这事还没完!又有的玩了,这场猎杀游戏还得继续!

火车轰隆轰隆地带着其他人开上了橙桥。火车越走越远,邦德的视线也越来越模糊。他心里想着:这火车什么时候会用完蒸汽停下呢?那三个人现在打算怎么办呢?逃到山里?还是控制火车,继续开到港口,然后开游艇逃到古巴去?邦德的疑问很快便得到了答案:火车开到一半,车头忽然像一匹受惊的野马一样腾空而起。与此同时,传来一声雷鸣般的巨响,铁路上燃起一团熊熊大火。桥断了,塌了下去,像一条瘸了的腿。火车被炸得破破烂烂,碎片四处乱飞,接着一头栽进河里,水花四溅。刹那间,这个精美的复古小火车,就变成一堆破铜烂铁。

震耳欲聋的一声巨响之后,接着就是一阵沉寂。邦德身后的一只树蛙被吵醒,不耐烦地呱呱叫了几声。四只白鹭在火车上空盘旋,脖子伸得老长,好奇地四处搜寻食物。远处的天空中出现了几个黑点,懒洋洋地盘旋飞来,是秃鹫。秃鹫的第六感告诉它们,往往有灾难的地方就可以美餐一顿。炙热的太阳照在银色的铁路上,离邦德几码开外的地方,一群黄色蝴蝶在阳光下肆意飞舞。邦德慢慢地站起来,赶走蝴蝶,步履蹒跚地向桥那边缓缓挪动。他想先看看莱特情况,然后再去抓逃走的斯卡拉。

莱特躺在沼泽里,左腿的脚踝扭伤得厉害。邦德走过去,蹲下来,把手指放在唇上,示意莱特先别说话。于是邦德在莱特旁边跪了下来,轻声说:"伙计,我现在帮不了你什么。我给你一颗子弹,你咬着,能减轻些许痛苦。然后我再把你挪到树荫下,过不了多久就会有人救你。我现在要去追那个浑蛋。他在桥边跳下来了。你当时怎么会认为他死了呢?"

莱特呻吟了一声,不是因为疼痛,而是因为愤怒、后悔。"他浑身都是血。"莱特强忍着剧痛,从牙齿缝中硬挤出了这几个字,"他上身都被血浸湿了,眼睛也闭上了,我以为他就算没死,也会跟其他人一样被炸死。"莱特虚弱地挤出个笑容,"这场戏演得不错吧?"

邦德竖起大拇指:"很精彩!现在河里的鳄鱼估计正在饱餐一顿。但是那个假人环节,真是让我心如刀绞!是你放在那里的吗?"

"是的。对不起,兄弟。斯卡拉吩咐我放的。我也乘机在桥上安了炸弹,没想到你的女朋友也是金发,更没想到你也会被骗到。"

"我当时也是傻了,我以为斯卡拉昨晚把她抓起来了。好了,子弹给你,咬着吧。书上说这样能忍住疼痛。因为我要把你拖出来,这肯定会让人更痛的。但是我必须把你拖到树下,太阳太毒了。"邦德双手抓住莱特的腋窝,尽可能轻地把莱特拖到一块地面较干燥的树荫下。莱特痛得直冒冷汗,邦德把他扶到树干上靠着。莱特痛苦地呻吟了一下,然后脑袋就垂下去了,他痛得昏过去了。邦德关切地看着他,心里想着,他现在昏厥了可能就没那么难受了。于是,他把莱特腰间的手枪拔了下来放在莱特左手旁边。虽然斯卡拉身受重伤,但是邦德想要打败他还是困难重重。所以为了防止斯卡拉打败自己后,再来找莱特算账,还是把手枪放在莱特左手边最安全。

然后,邦德趴在地上匍匐前进,一直往桥头爬。眼下,在这空旷的野外,为了不被斯卡拉发现,他必须爬行。他祈祷赶快爬过这段沼泽地,赶紧爬到干一点的地上,这样他就能根据足迹来追踪斯卡拉了。

此时是下午一点,艳阳高照。邦德又累又渴,而且肩膀上的伤也越发疼痛,随着脉搏一跳一跳钻心地痛!更为严重的是,这个伤口导致他开始发烧,这一天就像做梦一样!而现在,当他追踪斯卡拉足迹时,他可笑地发现自己脑子里面想的居然是祁岛港的丰盛午宴和等着他们去品尝的香槟……有这么一刻,他放纵自己,尽情地去想。在他脑海中,火车要到终点站了,他看到了摆在树下的吧台,可能就像雷鸟酒店的摆设风格一样——精致优雅的长桌、精美高档的桌布、晶莹剔透的餐具,还有各种可口的冷盘。桌上摆着色彩缤纷的水果,特别是鲜艳的菠萝,让午宴的整体感觉更具牙买加风情。他觉得,后面还可能会上热菜,像烤乳猪什么的……但是这大热天吃这东西太上火了。这可是为这群土豪"游客团"准备的盛宴,酒是必不可少的!香槟放在结满冰霜的冷气机里,还有各种酒水饮料。邦德都能想象到会有哪些酒水,可是只有列车到站下车后才能喝到。但是目前来看,这列火车可能永远也到不了站。邦德还看到戴着白色手套,身穿制服的服务员在微笑,在不停地倒酒。港湾的喷泉在舞蹈,随着乐队的节奏一起一伏。还有那柔情似水的舞女,眼睛眨巴眨巴地放电……斯卡拉呢,嘴里叼着根雪茄,跷着二郎腿。服务员又给邦德满上了一杯香槟……

疼痛让邦德出现了幻觉,这是死亡的前兆,邦德知道自己不能再想下去了……

扑通!他被一个树根给绊倒了,他伸出右手想支撑起身体,但是他失败了,又扑通一下,重重地趴在地上。他在地上一动不动地躺了一会,想着刚才这连跌两下会不会被斯卡拉听到。嗯,应该不会,声音不算大。微微海风,轻轻拂来。离桥一百码远的地方有些动静。邦德仔细一听,原来是蟋蟀叫和鸟叫声。他努力支撑着身体,先慢慢跪起来,再慢慢站起来。"瞎想什么呢!邦德,振作点!别做白日梦!赶紧完成任务!"邦德在心里对自己破口大骂,"使劲地甩脑袋,不去想了!斯卡拉!妈的!别想了!现在是要找到斯卡拉,然后干掉他!香槟留在事

The man with the golden gun

后再说！"邦德恼怒地大甩、左右摇晃脑袋，深深地大口呼吸。他知道这是不好的预兆，他现在要做的就是集中精神，打起精神来！天啊，看在上帝的分上，可别再做白日梦了！邦德强迫自己不再去想这桩事，集中精神找斯卡拉！大约还有一百码才能到达桥边。在邦德的左边是稀稀疏疏的树林，干燥开裂的黑泥地，但也有些较软的地方。邦德立起外衣的衣领，以免里面的白衬衫太过醒目。他沿着铁路又走了二十码，然后钻进了左边的树林里。他觉得顺着这些树根走要保险一点，至少这样不会踩到干燥的枯枝枯叶而发出响声。他尽量与河流保持平行，但是树障让他不得不绕道而行，因此他得根据地面的干湿程度以及地表的倾斜程度来判断路线。他每分每秒都保持着警惕，像一只惊弓之鸟，竖起耳朵，不放过任何细微的声音。他双眼紧紧盯着前方葱郁茂盛的绿树林。现在脚下的泥土上面有许多蟹洞，还有被大鸟吃剩的蟹壳。这时，蚊子和苍蝇开始对他发动攻击了。为了不发出动静，他不敢拍打，只能用手帕把它们轻轻捏死。很快，他的手帕上就满是蚊子血，还有汗水。

邦德大概在沼泽地走了两百码后，忽然听到一声轻声咳嗽。

第十五章　瓮中捉鳖

咳嗽声大概是从河边二十码远的地方传来的。邦德单膝跪地，侧着脸，竖起耳朵，屏息凝听。五分钟过去了，没有再传来咳嗽声。于是，他又跪在地上，手脚并用，向前爬，嘴里咬着枪。

当他爬到一块干裂的空地上时，他一眼看见了斯卡拉，连忙停下不动，极力屏住呼吸。

斯卡拉四仰八叉地半躺着，背靠在一个大树根上。他戴的帽子和领带早已不知去处，右边的西服沾满了鲜血。鲜血招来虫子，虫子爬满鲜血浸湿的衣襟，贪婪地吮吸着，这对它们来说是一顿大餐。但是斯卡拉的那双眼睛仍然灵动警觉，时刻注意着周围的情况。他的双手摊在身旁的树根上,不见枪影,不知他把枪放在了何处。

忽然,斯卡拉的头机灵地一侧,像是一只看见猎物的猎犬,定睛,一动不动。邦德看不到是什么东西吸引了他。紧接着,空地的边缘处出现了大片斑斑点点的阴影,跟着就出现了一条大蛇!蛇全身长满了漂亮的花纹,慢慢越过黑沼泽,靠近斯卡拉。

邦德看得入迷,他想知道斯卡拉会怎么办。这是一条虹蚺,属蟒蛇,约五尺长,无毒,应该是被血腥味吸引来的。邦德在想:斯卡拉知不知道这条蛇是无毒的?很快,邦德的疑问就有答案了。只见斯卡拉面不改色,一脸无惧,他肯定知道这蛇是无毒的。他轻手轻脚地用右手沿着裤子往下摸裤脚,轻轻卷起裤脚,从靴子里抽出一把尖刀。然后他就静静地等待时机,手并没有紧紧抓住刀,而是轻轻地握着放在肚皮上。

蟒蛇在斯卡拉前面几码处停了下来,高昂着头,进攻之前最后再打量一眼斯卡拉。它吐着长长的舌头,接着,伸直脖子,慢慢前进。

斯卡拉大气都没喘一声,镇定自若,只有那双锋利的眼睛警惕着蟒蛇的动静,时刻准备杀掉它。只见那蟒蛇先爬到他裤脚旁边,然后嗅着气味,慢慢往上挪,直到他染满鲜血的上衣。忽然,放在斯卡拉肚皮上的刀子活了过来,刀光一闪,刀子已然稳稳当当地插进了蛇头。刚才还生龙活虎的蟒蛇，眨眼间就被紧紧钉在地上。蛇身还在激烈地扭动，缠住树根，又缠住斯卡拉手臂，它想找个稳固的发力点，拔出来。但是，当它一缠紧，就神经痉挛，抽搐一下，无力动弹。

经过一番挣扎，蟒蛇力气渐弱，没有力气再折腾，便躺在那里一动不动。斯卡拉小心翼翼地把蟒蛇摸了个遍，蛇尾还绝望地摆动了一下。他拔出刀子，一刀砍下蛇头，想了想，便扔到蟹洞那边。然后静静等着看螃蟹出来吃，但是没有一只螃蟹出来。尽管蛇肉的香味十分诱人，但是蛇头抛下来的那一声巨响足以让洞里螃蟹胆战心惊许久，更何况它们不知这蛇是死是活，所以不敢轻易出洞。

邦德跪在丛林中，一切尽收眼底。斯卡拉的每一个动作，脸上的每一个表情，邦德都观察入微。虽然他身受重伤，半躺着，但是他动作依旧快速敏捷，特别是刚才弯刀杀蛇那幕，苍劲有力，由此可以判断出：斯卡拉仍然具有很强的危险性。

斯卡拉杀掉蛇以后，身子挪了一下，又开始警觉地观察周围树丛的动静。

当斯卡拉目光扫到邦德的藏身之树时，并没有稍加停留。邦德觉得他肯定没有察觉出，不由得暗自庆幸自己穿了一件深色外衣，在树荫下，颜色和周围的树木几乎没有差异，简直就是绝佳的伪装。

斯卡拉没有察觉到危险,便安心地捡起软软的蛇身,放在肚子上,小心地剖开其腹部,一直到蛇的废物排泄口。然后他用手擦了擦,再像外科医生做手术那般,熟练小心地剥掉蛇皮,粉嫩嫩的蛇肉就慢慢露出来。他再把不要的部分一块块丢在蟹洞那边,每丢一块,他的脸上就挂着不太愉悦的表情,因为并没有螃蟹领他的情。剥完蛇皮之后,他又朝周围扫视了一圈,然后用手捂着嘴,努力压低声音小心地咳嗽。他看了看手中的痰,带着血丝,然后就一把甩向旁边。看上去,他咳嗽起来并不费劲,也没看出很痛苦的样子。所以邦德猜测,子弹一定是在斯卡拉的右胸,差一点打中肺部,斯卡拉体内一定在大出血。这单从他都是血的衬衣看是无法判断出来的。

判定周围没有危险之后,斯卡拉就如饿狼般大口大口吃蛇肉、喝蛇血。

邦德心想,如果他现在出现在斯卡拉面前,斯卡拉一定会像一条野狗一样龇牙咧嘴,狂怒不已地咆哮。于是,他轻轻地站起来,拿着枪,眼睛盯着斯卡拉的手,大步走到斯卡拉面前。

然而邦德猜错了。斯卡拉并没有咆哮,他甚至连头都没有抬,两手仍然捧着蛇肉大口咬,用那塞满蛇肉的嘴巴说:"你走得真慢,一起吃吗?"

"不了,谢谢。我喜欢用热黄油烤蛇肉吃。你吃吧,我喜欢看你手里捧着肉。"

斯卡拉鄙夷地看了一眼邦德,用手指了指满是鲜血的衣服,说:"还害怕一个快死的人?你们这些英国佬真是厌!"

"一个要死的人,杀蛇倒是挺灵活。你身上还有什么武器?"斯卡拉准备解开衣服,"别动!动作慢一点,让我看看你的皮带和胳肢窝,再用手拍拍大腿内外两侧。这本应该我自己来检查,但是我可不想落得跟那条蛇一样的下场。把刀子丢进树林,丢!不准掷!我今天的手指不太听话,否则我早就扣扳机了。扔过去,对,很好!"

斯卡拉手腕一动,刀子就抛入空中,银色的刀子好像行驶的车轮一样在阳光下打转。邦德连忙跳开。刀子就不偏不倚,笔直地插在邦德刚才站的地方。斯卡拉一阵哈哈大笑,然后紧接着又是一阵剧烈咳嗽,脸都扭曲了。邦德怀疑,当真有这么痛?斯卡拉喷出一口红痰,但也不全是血,只是掺着血丝。他的伤势应该也不严重,只是轻微出血,也许只断了一两根肋骨吧。如果住院的话,顶多两个星期就能出院了。斯卡拉按邦德的要求,扔完之后把手放在地上,一直看着邦德,眼神依旧冷酷似冰,十分自大。然后,他又拿起蛇肉继续啃起来,抬头看着邦德,说:"满意了吧?"

"还可以。"邦德蹲下来,手里拿着枪,枪口指着两人之间的地面上,"好了,现在,趁你还有口气,我们谈谈吧。你气数已尽了。你杀了我太多朋友了,我有权杀了你,而且我马上就会杀了你。但是我不会像你折磨马基逊（英国情报局的特工）那样，我会给你一个痛快。你还记得他吧？你把他双膝和双臂都打断了，还让他爬过去舔你的靴子！你最不该做的事就是把这件事炫耀给你古巴的朋友听！事情自然会传到我们耳里，我们当时就发誓要找到你，把你千刀万剐！我很好奇，你这一生到底杀了多少人？"

"算上你的话，整整五十个。"斯卡拉舔干净骨头上面的一丁肉，然后把骨头往邦德前面一扔，说，"我吃完了。来，你动手吧。你休想从我身上挖出什么名堂。你可别忘了，我中过很多枪，但是我还活着。虽然你也受伤了，但是我从来没听说过英国佬会对一个手无寸铁且身受重伤的人开枪。英国绅士不会这么做，我料你也没有这样的勇气。你一定是想和我坐在这里一边聊天打发时间，一边等救援小队来。然后把我抓起来送法庭，那我倒是很开心。他们又能给我判什么罪呢？嗯？"

"第一，躺在酒店后面河里的洛克逊先生的尸体，身体里有你那令人闻风丧胆的银制子弹。"

"听起来真像是在说亨德里克斯脑袋上也有你的一颗子弹呢。也许我们要一起坐牢呢。那也不错，对吧？听说西班牙镇的监狱生活很不错，咱们就去那，怎么样，英国佬？到时我会在你背上狠狠插上一刀。对了，你怎么知道洛克逊的事？"

"你电话机被窃听了。你最近很粗心，总出错，斯卡拉。你请错了手下。你请来的两个经理都是中央情报局的人。那个录音带现在应该在去华盛顿的路上吧。那上面还有你亲口承认杀了罗斯的事实。明白我的意思了吧？无论如何,这次你死定了。"

"录音,这在美国法庭可不算证据。但是我明白你的意思了,小子。错误已经酿成了,人死不能复生,所以——"斯卡拉右手做了个手势,"一百万,这事就算了吧。"

"刚刚火车上他们可是出300万呢。"

"我加倍!"

"不,很抱歉。"邦德站起来。一想到自己要杀一个手无缚鸡之力的人,他就有些心软,藏在身后的左手把枪握得更紧,似乎是反对邦德杀一个将死之人。但他强迫自己去想马基逊瘫痪的身体,还有那些死在斯卡拉枪下的人。如果邦德心软的话,不知道斯卡拉又要造多少孽!这个人简直就是世界上最杀人不眨眼、最心狠手辣的刽子手!邦德本来早有机会可以偷袭他的,但是绅士风度让他没有那么做。现在,他必须把斯卡拉杀掉,不管他是受伤了躺着还是站起来反抗,邦德必须立即了结他。邦德努力装出一副淡然、冷漠的样子:"斯卡拉,你还有什么要说的话？有什么人托我照顾吗？如果是私人事情,我会尽力办好,并且为你保守秘密。"

斯卡拉又摸着肚子,小心地哈哈大笑,生怕再引起咳嗽。

The man with the golden gun

"好一个英国绅士。我果然没有猜错。我猜你该不会像书里写的那样,把枪给我,然后给我五分钟自行了结吧?哈哈!没错,枪给我的话,我就会一枪爆你头!"斯卡拉那双眼睛仍是傲慢自大地盯着邦德。这个冷血动物是世界上最高超的职业枪手,具有非凡的特殊素养——那就是,不喝酒,不吸毒,只为钱和乐趣杀人。

邦德仔细地审视他,心里想:马上就要死了,他怎么一点都不惊慌呢?难道还藏着什么把戏吗?还有暗器?但是,他就躺在那树荫下,背靠着树根,显然看得出他全身都很放松,呼吸也很均匀顺畅。但是从他冷酷无情的表情,一点也没有看出要屈服的意思。他额头上的汗,甚至都没有邦德额头上的多。邦德站在烈日下,内心争斗了足足十分钟后,终于决定动手了。他听见自己刺耳的声音:"好了,斯卡拉,都结束了。"他举起枪指着斯卡拉,"我会尽我可能让你走得痛快些。"

斯卡拉举起一只手,脸上第一次流露出些许情感。"来吧,伙计。"接着,令人惊诧的是,他几乎哀求地说,"我是个天主教徒。请让我做最后一次祈祷吧,好吗?很快的。我一结束,你就可以结束我了。人终有一死。你是个好人,死在你手里也值得。这就是场赌运气的猎杀游戏。如果刚才,我的子弹稍微往右偏一英寸,也可能是两英寸,那现在躺在地上要死的人就是你了,是不是这么回事?朋友,我现在可以祈祷了吗?"

邦德放下枪。他可以给他些时间,但是不会太长。疼痛、酷热、劳累和饥渴,分分秒秒都在折磨着邦德。要不了多久,他自己也会倒地,可能就会直接倒在这硬邦邦又裂开的黑泥地上,到时候随便一个人都可以杀了他。邦德筋疲力尽,一个字一个字慢吞吞地说:"好吧,斯卡拉,就一分钟。"

"真谢谢你,朋友。"斯卡拉举起双手捂住眼睛,嘴里念着一连串的拉丁语。邦德站在毒日下,双手毫无警惕地放松下来,看着斯卡拉,但是视线渐稀。肉体上的疼痛、火红的太阳、冗长的祷告词,这一切都分散着他的注意力,他无法集中精神盯着斯卡拉。而且邦德潜意识里仍然无法对一个毫无抵抗力的人下狠手……邦德要再次狠下心来的话……一分钟,也可能再多给斯卡拉一分钟……实际上邦德也在给自己时间再次鼓起勇气……

斯卡拉右手的手指一点一点地缓缓往侧边挪动,不仔细盯着的话,根本难以察觉。他的手挪到耳边,停住,嘴巴仍然噼里啪啦地念着拉丁文祷告词。

忽然,他伸手到脑后,掏出一把金色小手枪,迅速朝邦德开了一枪。邦德像中了一记勾拳似的,踉跄一下,一头栽倒在地上。

小手枪只有一发子弹。

斯卡拉立马站起来,像野猫一样扑向前方,抓起那把小刀,

The man with the golden gun

直朝邦德扑来。阳光下的刀,就像是一团银色的火焰,一步步靠近邦德。

这时的邦德,躺在地上,像是一只垂垂欲死的野兽,艰难地转过身子,用尽全身力气,愤怒地对着斯卡拉开了一枪又一枪,连开五枪。然后枪就从邦德手中掉下,掉在他右边,他的手紧紧抓住伤口,表情痛苦。

斯卡拉定着站了一会,抬头仰望着蔚蓝的天空。他的手抽搐了一下,手里的刀掉了下来。他全身抖得很厉害,跌跌撞撞一拐一拐地走了两步,就停下了,扑通一声朝后倒地,双手张得大大的,像是被人扔掉似的。

不久之后,地蟹从洞里爬出来,开始吃那条蛇的五脏六腑。这估计得让它们啃好一会儿,斯卡拉的尸体这顿大餐可以留着当夜宵!

第十六章　任务结束

牙买加警察一向精明，不爱惹事。

一个警队救援成员，身穿威武整洁的警服，迈着庄严谨慎的步子从铁路走向河岸。无论事情多紧要，牙买加警察也从来不跑步前进，因为他们觉得这会有失他们的尊严。莱特现在正在接受治疗，医生给他打了一针麻醉剂。在此之前，莱特说，沼泽地有个好人在追个坏人，可能会发生枪战。莱特说得含含糊糊。一开始没人相信他的话，都觉得他摔得不轻，脑子坏掉了。但是后来当他说他是美国联邦调查局的人，这个警察才尝试联系请求营救小队跟他一起去，但是他失败了。所以他就只身一人，拿着警棍，进沼泽地，漫无目的悠闲地找寻。

The man with the golden gun

　　枪声和惊起的鸟,让他知道了大概位置,他便顺着枪声的方向寻找。他出生在牙买加尼格瑞尔,而且小时候经常在沼泽地里玩弹弓,所以对沼泽十分熟悉,走起来敏捷又迅速,毫无畏惧。当他到达河岸时,他左拐进了树林,意识到自己身上穿的又青又紫的制服格外显眼,就小心翼翼地从树丛中穿过。他身上只有警棍防身,还有一条防身小知识——杀警察的人必然会判死刑。他现在只求那个好人和那个坏人也知道这条小知识……

　　鸟都飞走了,沼泽地又恢复了寂静。警察注意到老鼠和其他小动物都匆匆跑走,而且都是从同一个方向跑来。他便决定往这方向去看看。接着,又传来螃蟹抢吃食物的声音。从树丛缝中,他看到斯卡拉闪着血光的上衣。于是他屏住呼吸,集中精神仔细聆听着,聚精会神地注视着。他见没有任何动静了,就昂首挺胸地走进那片空地,看见地上躺着两个人,还有两把枪。警察取出他的警笛,吹了三个长声后,就坐在树荫下面,拿出记录本和笔,开始认认真真、仔仔细细地写报告。

　　一周之后,邦德恢复了意识。他躺在喷上绿色墙漆的房间,但是觉得自己像是沉在海底。天花板上慢悠悠打转的风扇,像是一条船的螺旋桨,阻止他游上水面。为了活命,他拼尽全力游啊游啊,但是他太累了,游不动了,牢牢地扎根在海底。他感觉自己在放开喉咙大叫,实际上只是发出一声轻轻的呻吟。坐在床尾的护士一听到邦德有动静,赶紧来到他身边,用冰冰凉凉的手摸了摸他的额头。当她给邦德检查时,邦德模模糊糊地看着她,双眼迷离。心里想,原来美人鱼是这样的!他喃喃自语"你真美",接又沉回海底——实际上是倒在护士怀里。

护士在他的表格里记录了情况,然后打个电话给同事说明情况。接着,她对着昏暗的镜子整理头发,准备好好照顾这个重要病人。

不一会,驻院医生就和护士长一起来了。驻院医生是一个年轻的牙买加人,毕业于爱丁堡大学。护士长是个严厉而有警觉性的女人,暂时调来工作的。驻院医生听了护士的报告之后,走到邦德床边,轻轻翻开邦德眼皮。然后在邦德腋窝下面塞了一根体温计,再一边为邦德检查,一边拿着计时器。病房里面十分安静,而外面的金斯顿大街上车水马龙,喧闹嘈杂。

医生检查完后,收起计时器放回裤子口袋,然后在表格上写了一些数字。护士一直站在门口。弄完之后,医生和护士长、护士,三个人走出病房。医生站在走廊里对护士长说:"他很快就会痊愈了,体温很稳定,心跳有点快,可能是由于他刚刚才恢复意识。抗生素减量,我会跟其他护士说这个,继续用静脉输送营养液。麦克唐纳医生待会过来给他敷药,病人应该还会再醒来。如果他要喝的东西,给他喝果汁。他应该很快就能吃流食了。真是奇迹！子弹通过腹腔但没伤到脏器，差一点擦到肾脏，只是肌肉受损而已。那枚子弹上的剧毒，足以杀死一匹马。他能活下来，也亏了萨方拉马警察及时发现他体内的蛇毒，给他注射了大量的抗蛇咬伤血清。护士长，提醒我给那个警察写信，他救了邦德一命。好了，至少一个礼拜，不准其他人探访。告诉警方和领事馆，邦德的情况正在好转。我不知道他是什么大人物，但是伦敦政府十分关心他，可能是国防部的重要人物吧。从现在开始，把这些问题通通上报领事馆，领事馆似乎是管他的。"护士一直站在旁边听，这时他停顿了一下，继续说，"顺便问一下，邦德的朋友情况如何？就是12号房的病人，美国大使馆的大使不停问起过他的情况。他不是我的病人，但是他一直要看望邦德先生。"

"胫骨骨裂，"护士长说，"无并发症。但是他有点不太配合护士。他应该十天之后就能用拐杖走路了，而且他已经见过警方了。我猜这两个人都跟日报上登的那则新闻有关吧？报纸上说，橙桥被炸，几个美国游客当场死亡。但是领事馆没有发表意见，所以报纸上面报道的事情也不知道是真是假。"

医生笑着说："我什么都不知道，倒也无妨，我也没时间去听这些事。好了，谢谢你，护士长。我必须要走了，有一起连环撞车事故。救护车快到了，我得赶过去了。"说完，医生便匆匆离开。护士长也开始处理自己的事。能够参与医生和护士长之间的高级谈话，这让护士开心得不得了，她迈着轻盈的小步伐欢快地走进了邦德的病房，给邦德盖好被子，打点周围，然后又坐回椅子上。

两天后，病房来了许多访客。邦德靠在枕头上，觉得这么多官员瞬间蜂拥而至真是太有趣了。在他左边是公安局局长，一身华丽的黑色制服上面挂着银色警徽。在他右边，是最高法院的法官，全副盛装，俨然一副开庭的模样，旁边还毕恭毕敬地站着一个小跟班。莱特，拄着拐杖，在他对面站着另一个人，身材魁梧，彬彬有礼，表情十分严肃，此人是来自华盛顿的班尼斯特陆军上校。还有情报局总部派来的安静的文员，亚力克·希尔，特地从伦敦飞来看望邦德。现在正站在门口，目不转睛地打量着邦德呢。当然还有冒死给邦德送信的玛丽，膝盖上放着一本速记本，假装正经地坐在床边记录会议。实际上她只关心邦德的情况，邦德的一个皱眉都让她紧张不已。而且一旦邦德稍感不适，玛丽就有权力结束这场会议。但是邦德现在感觉很好见到这些人，格外开心，因为他知道自己终于回到现实世界了，意识终于清醒了。在这场会议之前，他最关心的一件事就是莱特的情况，但是为防止他俩统一口径，所以他被禁止去探望莱特。另外，高级专员办事处还言简意赅地建议邦德不用找法律代表，他们只是想简单地了解下当时情况。

公安局局长清了清嗓子，说道："邦德指挥官，我们今天是正式会议,虽然是在医院举行,但是这是英国首相授权允许的,也经过了你的主治医生的同意。现在国内外有许多流言蜚语。为了正义和赢回牙买加的名声,法官亚历山大·布斯塔曼特眼下最要紧的任务就是消除不良谣言。所以今天这是一场英国首相赋权的司法调查。如果会议结果满意,那就不会再有其他法律程序,我们很希望您的回答能够令大家都满意,请确保字字属实。您明白了吗?"

"是的。"邦德漫不经心地回答着。

"现在,"公安局局长提高声音,压低声调接着说,"如下事情已经确认:近日发现西摩兰教区的雷鸟酒店发生过一场闻名天下、臭名昭著的国际黑帮会议,参加会议的人包括:苏联情报局代表人、黑手党以及古巴秘密警察。他们这次会议的主要内容是:破坏牙买加蔗田设施,参与毒品种植和买卖,暗地操控农作物出口,贿赂牙买加官员,涉嫌在牙买加开设地下赌场,以及其他各种毒害社会、藐视法律的违法行为。以上是站在牙买加政府角度陈述的罪名。我说的都对吗,指挥官?"

"都对。"邦德问心无愧地回答。

"现在,"公安局局长强调,"牙买加警方的刑事侦查部门已经了解到了这个不法组织的意图并找到证据。届时会由我拿出证据,里面还有许多其他相关的重要机密情报。由于有友盟国英国国防部代表人和美国中央情报局代表人代表的监督、监听并设法拿到证据,才让这个不法组织的黑暗意图公之于世。尼克松先生和莱特先生,想尽办法,不惜一切代价帮助牙买加政府,并揭露了该秘密组织对牙买加的种种恶行。因此对其特此表彰。"局长停下来,看看房间里的人,确保自己说的话准确无误。邦德注意到莱特和其他人一样,连连点头。

邦德微笑着,总算听到点好消息了,也连忙点头表示赞同。

"并且,"局长继续接着说,"由于联络部门、牙买加刑事侦查部的指导以及众位的努力贯穿整个监察工作,才使得这项任务圆满完成。邦德、尼克松和莱特在此次任务中表现十分优秀,实为模范。他们揭露了这个犯罪组织的真实目的。但是,唉,在任务进行过程中,由于我方特工身份被暴露,导致一场规模庞大、伤亡惨重的枪战。在枪战过程中,多亏了邦德指挥官和莱特先生卓越的枪法,敌人才被干掉。接着,多亏莱特先生的聪明才智,在橙桥安置炸弹,利用炸弹,把犯罪分子炸死。不幸的是,这两名特工身受重伤,现在正在纪念医院接受治疗并逐渐康复。这里要提一下,尼格瑞尔警队的伯西瓦尔·桑普森警员,他是第一个到达最后战场的人。以及萨方拉马的利斯特·史密斯医生,是他把邦德和莱特从死神手中夺回,及时抢救了两人生命。依照首相指令,亚历山大·巴斯特曼特爵士授权的司法调查,今日在邦德指挥官病房进行,并由莱特先生出席证实以上事实。现在,由最高法院的莫里斯·卡吉尔法官做证,以上陈述均为事实,并成立。"

局长显然为自己发表的这一大段冗长的"演说"感到十分满意。他眉飞色舞地对邦德说:"还有一件事。"他递给邦德一个密封包裹,也递给莱特一个差不多的包裹,还有班尼斯特上校也有一个,"现在给英国指挥官邦德,美国菲利克斯·莱特先生和缺席的美国尼克松先生颁发牙买加英雄勋章,感谢你们为牙买加做的贡献!"

话音刚落,大家都鼓掌。当其他人都停止鼓掌了,只有玛丽还在痴迷地鼓掌。她忽然意识到只有自己还在鼓掌,脸羞得通红,赶紧停了下来。

邦德和莱特支支吾吾地说了些致谢词。卡吉尔法官站了起来,严肃地挨个问邦德和莱特:"所述之言纯属实言并且无任何隐瞒,是吗?"

"是的,都是事实。"邦德回答。

"是的,法官大人。"莱特真诚地说。

法官礼貌地鞠躬,其他人也站起来鞠躬,除了邦德没有站起来,他只是半躺在床上鞠了个躬。"既然这样的话,那我宣布这次司法调查结束。"法官对玛丽说。

"请你到时候把证词记录发送到法庭,好吗?十分感谢!"他顿了顿,然后笑着继续说,"还有复写纸也一起给我吧!可以吗?"

"当然,法官大人。"玛丽担心地看了一眼邦德,对大家说,"请原谅我的无礼,但是我觉得病人该休息一下了。护士长千叮咛万嘱咐……"

于是大家都礼貌地道别了,邦德把莱特又叫回来了。玛丽觉得他俩肯定有秘密,愤愤地说:"就给你们一分钟!"然后走出房间,关上门。

莱特靠在床边,脸上挂着嘲弄的笑容。他说:"邦德,我他妈真是走狗屎运了。这次是我执行过最危险的任务,差点就掉脑袋了。现在什么事都没有了,还得了勋章和花环呢!你说走不走运?"

邦德今天很开心,和莱特说了很多话,伤口开始疼,但是他没有表现出痛苦,脸上挂着笑容。莱特中午就要走了,但是邦德不想跟他说再见。邦德十分珍惜他和莱特的友谊,而且他觉得莱特是他过去十分重要的记忆。邦德略带伤感地说:"斯卡拉是个不错的人,他本来可以活着的。可能蒂芬真的请了个很厉害的巫婆诅咒他吧。"

莱特一点都没有同情斯卡拉的意思,道:"你们英国人就是这样,对敌人心软!除了拿破仑!我可不吃这套!在我的世界里,敌人就是敌人,就得死!希望斯卡拉复活?那现在站在房里的可能就是他,不是我。他应该还会拿着枪指着你,至于是那把长枪还是那把短枪,这我就不知道了。你可就没这么幸运

The man with the golden gun

了。别傻了,邦德。你做得很好,为民除害。你不杀他,迟早有人杀他。好了,喝完橙汁就躺回去吧!"

见邦德并没有吱声,莱特便故意嘲笑他:"你当然是做好事了,呆子!你这是造福全世界!就像我说的,为民除害!现在你要想的就是怎么更好为民服务!坏人是死不完的!上帝不光创造了狗,还创造了跳蚤,知道我什么意思吧?别再想这种破事了,知道了吗?"莱特看到邦德额头渗出了几颗晶莹的汗滴,于是他一瘸一拐地走到门口,打开门,挥了挥手告别。这两个大男人,在他们一生中,从未和对方握过手。

莱特看着站在走廊的玛丽说:"好了,玛丽小姐,告诉护士长把他名字从病危病人名单中去掉。然后跟他说这一两个星期不要找我。"莱特伸手指了指邦德,"每次见他,我就要掉块肉(受伤)。我可不想就这么没了。"一说完话,就颠颠簸簸地走掉了。

邦德大叫:"等等!你这个浑蛋!"但是此时,莱特已经回到了自己病房。还没等邦德爆粗口,过过嘴瘾,他就陷入了昏迷。

玛丽见此情形,十万火急地找来值班人员看看邦德情况。心里很是懊恼,后悔不该让莱特跟邦德聊天!

第十七章　尾声

一周后,邦德下身裹着一条浴巾,坐在椅子上看艾伦·杜勒斯写的书——《情报术:间谍大师杜勒斯论情报的搜集处理》——心理愤愤不平。医院的医生很出色,能把他救活算是奇迹了。护士都很贴心,特别是那个"美人鱼"护士,但是他还是想快点离开。他看一眼手表,下午四点,探病时间到了。玛丽应该马上就来了,他就能把她当出气筒,好好地发发牢骚了。这可能对她不公平,但是邦德都已经对周围的人破口大骂了——就是因为医院不让他出院。如果这时玛丽不识趣,往枪口上撞,那就太糟糕了!

过了一会,玛丽走了进来。尽管牙买加天气酷热难当,但

The man with the golden gun

是她看起来还是那么清新清凉,像一朵初开的玫瑰。妈的!她手里拿着东西!

邦德一眼就看出那是译电本。又想怎样?

玛丽对邦德嘘寒问暖了一番。

之后,邦德阴着脸,咕哝着说:"拿这玩意干吗的?"

"这是一封密电,梅瑟威局长私电哦。"玛丽显得十分兴奋,"一共大概有三十组。"

"三十组!难道那个老家伙不知道我现在只能用一只手干活了吗?玛丽,你帮我嘛。来吧!开始工作吧。如果有敏感内容,你再给我。"

玛丽极其惊讶地看着邦德。密电可是最神圣、最私密的代码。但是邦德看起来可怜兮兮的,况且今天也不是来吵架的,那就帮他吧。玛丽心里想。于是她坐在床边,打开译电本,从包里拿出一根连接线,把速记本放在译电本旁边。她用手中的笔挠了挠后脑勺,然后开始投入工作,一边看屏幕上显示的内容,一边用笔记录下来。

邦德看她脸上的表情十分愉悦,心里也轻松了不少。

几分钟后,她把内容读了出来。内容大概就是赞赏邦德,虽然任务格外艰难,但是邦德冒着生命危险圆满并且完美地完成任务,劳苦功高,希望邦德好好保重身体之类的。最后还问邦德什么时候回去做任务报告。邦德听的时候,满不在乎地轻哼了一声,心里想:也并非什么了不起的机密!

玛丽笑逐颜开地说:"我从来没见他这样称赞过别人。你听过吗,邦德?这是对你极大的认可呀!"玛丽充满期待地看着邦德,希望能在邦德阴沉的脸上也看到一丝喜悦之情。

事实上,邦德虽然板着脸,但是心里在偷着乐。他知道,玛丽肯定看不出梅瑟威局长的话中话。实际上,梅瑟威局长是在暗示邦德,邦德已经赢回了他的信任。然而邦德也没打算表现出内心的兴奋和开心。今天的玛丽就是女典狱官,专门来管他的,这让他心里很不爽。他不情不愿地回答道:"还好吧。但是他其实就是想我早点回去工作。继续吧,还有那么多呢。下面还说什么了?"他装作一脸不屑地继续看自己的书。

于是两人便各忙各的。过了一会,玛丽兴奋地大叫:"天啊!邦德!等等!我快弄完了!太让人激动了!"

"我知道,"邦德回答。然后口气怪怪地说了几句调侃的话,显得满不在乎似的。但是他一直盯着玛丽忙得不亦乐乎的手指,看着玛丽一脸兴奋。心里想着:她到底在高兴些什么?上面到底写了什么东西?那都是关于我的事!他端详着玛丽——完美合身的蚕丝上衣,米黄色紧身裙,优雅的坐姿,一头耀眼的金色齐肩发,迷人的面容。邦德心里想,她一直都陪在自己身边,到底自己把她当秘书?还是什么呢?邦德怎么想也想不出答案。玛丽转过头来,双眸闪闪发亮:"现在听我说,邦德!"她晃了晃手中的本子,"还有,看在上帝的分上,别色眯眯地看我!"

邦德被逗笑了:"好吧,玛丽,你说吧。希望会是好消息。"他把书放在膝盖上。

玛丽的表情开始变得有些怪异,让邦德心头一紧。她严肃地说:"听好!"接着,她认认真真地念了一大段话——大抵就是英国女皇对他赞赏连连,要嘉奖他为爵士这类冠冕堂皇的话,问他是否接受。

邦德笑了:"果真是密文!"他又开始故意说些不着边际的话,来掩饰自己内心的喜悦。

"为什么他总是用'披甲拳头'做自己的签名呢？（在英语中'披甲拳头'和梅瑟威局长的名字的首字母相同）这可真是个好名字……但是还不够霸气,不够有震慑力……"接着邦德对梅瑟威局长唏嘘了一番。

玛丽低下头,她知道邦德的反应其实隐藏了他自己内心的欢喜。加官晋爵,换谁谁都开心、骄傲吧！玛丽一本正经地说："你想要我怎么回复呢？回完之后,我六点钟的时候可以回来告诉你答案,医生会放我进来的。我可以去领事馆查查回电的格式。我知道开头都要写'尊敬的女皇',对吧？"

邦德用手帕擦了擦额头上的汗。他当然开心了！可是邦德对那些虚荣的东西都不感兴趣,他从来不是一个公众人物,他也不想变成一个人尽皆知的名人。但是有一样东西,邦德视为珍宝,那就是隐私。如果成了一个公众人物,那在势利的英国,或者任何一个国家,都毫无隐私可言。事事都被人时刻关注着,还可能要做致辞、演讲等等。邦德想到这里就心生畏惧。邦德就是邦德,去他妈的什么邦德爵士!加官晋爵通通不要!他就要安安静静地过普通人的生活。当然了,他还是英国女皇维多利亚皇家海军旗下的伦敦警察厅政治保安处的指挥官,但是这个头衔形同虚设,并无实权。还有那枚圣米迦勒及圣乔治勋章也是,噱头而已。他每年都会被授予这种勋章,因为情报局每年都会给老员工举办一次兄弟怀旧会晚宴——以双头蛇俱乐部的名义举行。通常在布雷德斯(特拉华州)设宴。来的人都是曾经英勇威猛、足智多谋的原情报员,现在都是一把年纪且患有各种老年病的老爷爷老太太,而且个个身体都不太好,七嘴八舌地缅怀着以前的光荣事迹。这种聚会,实在让人觉得可怕。而且每次宴会的晚上,他们都要被强调,自己的那些光荣事迹是不可能被历史记载的。女皇也经常在这天喝得烂醉。但是邦德就像个局外人,对此一点都提不起兴趣,心里都在想着其他事。那个聚会就好像是一年一次给一群老小孩颁奖,给个安慰奖而已。然后一年中其他的时间,这些勋章就被锁在各自的储物柜里,等待灰尘将其覆盖——直到下次聚会。

邦德可不想成为这种人,所以他对玛丽说:"玛丽,记下我要说的话,然后今晚给女皇回复。这是命令,懂吗?"邦德没有看玛丽的眼睛。

邦德边想边说,前面说了些官方礼貌语,譬如职责所在,义不容辞之类的话,然后是感谢女皇和首相厚爱之类的答谢语,最后直接拒绝了女皇加官他为爵士的邀请。

玛丽被他这直截了当的拒绝给吓坏了,怎可如此大胆!"邦德!这本是你自己的事,我不该插嘴,但是你最后说的话实在过于直白!"

邦德点点头:"我只是说给你听听,玛丽。好啦,那我最后那句话说委婉点,你记下。"

"我是一个苏格兰平民,我也十分乐意一直当一个苏格兰平民。并且我知道,陛下,您会尊重我的选择。请您原谅。"

玛丽啪地一下子把本子给合上了,无可奈何地摇摇头。金发在空中甩了几回合,像是在生气。"真的吗?邦德!你确定你不要再好好想想?我知道你今天心情不好,想事情可能会不全面。你明天可能就会改变心意了。难道你不想走进白金汉宫吗?难道你不想亲眼看看女王和爱丁堡公爵吗?不想感受一下加封晋爵的滋味吗?"

邦德微笑着回答:"这些我都想。但是我更喜欢待在情报局,这才是我的容身之地。我拒绝了封爵,那不属于我,玛丽,我不想要那种生活。我知道梅瑟威局长会理解我的。他对这些事情的看法和我差不多，嫌麻烦。总之，就是这样了，我不会改变主意。你现在可以去复电了。晚上我会给梅瑟威局长写确认信。好了，还有其他的事吗？"

"还有一件事，邦德。"玛丽看着邦德说，"护士长说你这周末就可以出院了，但是你的身体还需要再休养三个星期。你想过要去哪里休养吗？最好离医院近一点。"

"还没想过这事。你有什么建议吗？"

"呃……好吧，是这样的，我在这附近的蓝山上有一幢小别墅，"她声音急促，"里面还有间空房，风景很好，打开窗户就能看到底下的金斯顿海湾。而且很凉爽，很适合疗养身体。如果你不介意和我共用一间浴室的话……"玛丽脸一红，"那里没有其他人，但是你知道，在牙买加，人们也不在乎这种事。"

"不在乎哪种事情？"邦德故意开玩笑挑逗她。

"别装傻了，邦德。你知道的，未婚男女共住一室的那些事……"

"哦！是那种事情啊！我倒是求之不得呢。顺便问一下，你的房间是不是粉色的？还有白色的窗帘？你睡觉是不是还会放下蚊帐？"

玛丽大吃一惊地看着邦德："是的呀！你怎么知道的？"居然和邦德之前做的春梦一模一样，邦德陷入沉思，没有回答。

她连忙又说:"还有,邦德,别墅离利瓜尼亚俱乐部酒店也不远,到时候等你身体好些了,你可以去那里玩玩桥牌、打打高尔夫球。那里有好多人,你可以跟他们聊聊天。我就待在家里给你做饭、缝衣服……"

在这个女人描绘的所有这些充满爱意的画面中,最后那几句,是最具有杀伤力、最具有诱惑力的——俨然一幅甜美和谐的生活景象。

邦德,深深地陷入了沉思,睁着眼睛,脚舒适地放在这亚麻地板上。他知道自己已经落入了玛丽的"温柔陷阱",开始向往这种惬意悠闲的生活了。向来无拘无束的他,最终还是落入"羊口"。邦德深情地说:"玛丽,你真是个天使。"

然而,在他的内心深处,他深知,玛丽的爱或者是任何其他女人的爱,对他来说是远远不够的。待在同一个地方,看同一样的风景,日复一日,谁不会心生厌倦呢?对邦德来说,同样的风景,终有一天会索然无味。